Shakespeare zum Vergnügen

Shakespeare zum Vergnügen

Herausgegeben von
Dietrich Klose

Mit 17 Abbildungen

Philipp Reclam jun. Stuttgart

Für Ulrike

RECLAMS UNIVERSAL-BIBLIOTHEK Nr. 18849

Umschlagillustration: Nikolaus Heidelbach, Köln
Umschlaggestaltung: Eva Knoll, Stuttgart
Gesamtherstellung: Reclam, Ditzingen. Printed in Germany 2011
RECLAM, UNIVERSAL-BIBLIOTHEK und
RECLAMS UNIVERSAL-BIBLIOTHEK sind eingetragene Marken
der Philipp Reclam jun. GmbH & Co. KG, Stuttgart
ISBN 978-3-15-018849-1
www.reclam.de

Inhalt

Vorwort

»We'll strive to please you every day«, was soviel heißt wie »Wir wollen uns bemühen, euch jeden Tag zu gefallen«, sagt Feste, einer der tiefsinnigen Narren Shakespeares, am Ende von *Was ihr wollt*. *To please*, *pleasure* ›gefallen, Vergnügen‹: Shakespeare wusste – wie die großen Theatermacher vor ihm und nach ihm –, dass es darauf vor allem ankam. Theater als »moralische Anstalt« – das wäre ihm nicht in den Sinn gekommen. Entertainment war es, was das Publikum in jenem »hölzernen O«, im Globe und bei Hofe, verlangte. Dabei machte es für den Stückeschreiber keinen Unterschied, ob es sich um Tragödien oder Komödien, Historien oder Romanzen handelte. Shakespeare wusste in allen Gattungen zu gefallen.

Shakespeare zum Vergnügen, der Titel dieser kleinen Anthologie ist also fast tautologisch. Sie beginnt gleich mit den großen Reden und Monologen, den »purple passages«, die seit jeher Schauspieler, Zuschauer und Leser besonders fasziniert haben. Überwältigende Sinnfülle, hinreißende Rhetorik, leidenschaftliche Gefühle, dramatische Bewegung kennzeichnen diese Texte, vorwiegend aus den Tragödien und Historien. Königen und Prinzen, ehrgeizigen Politikern und sonstigen Würdenträgern, einem reichen Juden und einem alten Lebemann sind sie in den Mund gelegt, nur wenigen Frauen. Es geht um Macht und Ohnmacht, Leben und Tod, Rache und Vergebung, Ehre und Schande und manches andere »große« Thema. Jeder Satz, jeder Gedanke ist interpretationsgesättigt, und doch ist die Wirkung dieser Texte jedesmal aufregend neu.

Den Protagonisten stehen die »kleinen Leute« gegenüber, denen schlagfertige Dialoge und burleske Handlungselemente zukommen. In den Tragödien sorgen sie für »comic relief«, für Szenen, die Staatsaktion und Pathos konterkarieren; man denke an die Totengräber-Episode im *Hamlet*, an den Auftritt des Pförtners im *Macbeth* oder an den Besuch des Bauern bei Cleopatra. Vor allem aber in den Komödien treiben diese »minor characters« ihr Wesen, übertreffen sich in Situations- und Sprachkomik, zeigen unverstellt oder leicht umnebelt das menschliche Antlitz, unter ihnen etwa die überforderten Gesetzeshüter in *Viel Lärmen um Nichts* und natürlich die Rüpel in *Was ihr wollt*.

Eine Sonderrolle spielen die Narren, deren Weisheit sprichwörtlich geworden ist. Sie sind ein fester Bestandteil des frühen englischen Theaters in Tragödie wie Komödie, von Shakespeare über die Rolle der professionellen Spaßmacher hinaus zu Individuen von anrührender Menschlichkeit entwickelt.

Shakespeares Appetit auf Geschichten scheint un-

Gwyneth Paltrow als Viola und Joseph Fiennes
als Shakespeare in *Shakespeare in Love*
(1999, United International Pictures)

stillbar gewesen zu sein. Was hat die Quellenforschung nicht alles zutage gefördert, viel mehr jedenfalls, als er jemals wirklich »konsumiert« haben kann. Diese historischen und literarischen Stoffe braucht er zunächst einmal für seine Plots, aber im Verlauf der dramatischen Handlung findet er immer wieder Gelegenheit, auch selbst eine Geschichte vorzutragen. Sensibel charakterisiert er dadurch die Personen, denen er sie anvertraut. Erzähl mir eine Geschichte, und ich sage dir, wer du bist. Man höre sich Othellos Love-Story an oder Enobarbus' Bericht vom ersten

Zusammentreffen von Antonius und Cleopatra! Ganz anders im Ton die Berichte von Schiffbrüchen und Morden, und unvergleichlich das nicht nur rhythmisch verquere Resümee der Ovidischen Erzählung von Pyramus und Thisbe durch den Prologsprecher im Handwerkerspiel des *Sommernachtstraums*. Als Glanzlichter präsentieren sich daneben die berühmten antiken Fabeln vom Magen und von den Gliedern oder von den Bienen.

Unzweifelhaft ist Shakespeare einer der größten Liebesdichter der Weltliteratur. Das bezeugen fast alle seine Dramen, die Verserzählungen, erst recht die geheimnisumwitterten 154 Sonette. Unerschöpflich ist der Reichtum der Variationen, die er dem Thema Liebe angedeihen lässt, erstaunlich die Spannweite der Gefühle vom höchsten Glück bis zur bittersten Enttäuschung – gelegentlich sogar innerhalb eines Stückes. Die Galerie der Shakespeareschen Liebespaare ist imponierend, und dass die berühmtesten von ihnen tragisch enden – wie Romeo und Julia, Hamlet und Ophelia, Othello und Desdemona, Antonius und Cleopatra –, tut ihrer Beliebtheit beim Publikum offensichtlich keinen Abbruch. Die Irrungen und Wirrungen in den Komödien finden dagegen gattungsgemäß ein glückliches Ende. Doch der Kenner der Herzen weiß auch dort um die Gefährdungen der Liebenden, wovon beispielsweise Katharina und Petruchio, Beatrice und

Mr. WILLIAM
SHAKESPEARES
COMEDIES,
HISTORIES, &
TRAGEDIES.
Publiſhed according to the True Originall Copies.

LONDON
Printed by Iſaac Iaggard, and Ed. Blount. 1623.

Titelblatt der *First-Folio*-Gesamtausgabe von 1623
Kupferstich von Martin Droeshout

Benedict, Rosalinde und Orlando ein Lied singen können.

Geister und Träume, gute und böse, haben im Elisabethanischen »Weltbild« ihren festen Platz; auch aus Shakespeares dramatischem Kosmos sind sie nicht wegzudenken. Sie bringen die Wahrheit ans Licht, bestimmen das Handeln der Menschen und ihr Gewissen, suggerieren eine unheimliche andere Welt, die jederzeit in das reale (Bühnen-)Geschehen einbrechen kann. Geister faszinieren auch den Zuschauer, der sich nur zu gern von der gruseligen oder phantastischen Atmosphäre packen lässt. Was wären Hamlet, Macbeth und seine Lady, Richard III. oder Brutus ohne ihre Geister, was wäre Prospero ohne seinen Ariel und der *Sommernachtstraum* – Mendelssohn nicht zu vergessen – ohne Puck und die Elfenwelt!

Shakespeares Figuren ist nichts Menschliches fremd, ihre Schwächen überwiegen oft ihre Vorzüge. Alkohol war auch unter den Elisabethanern schon ein Problem, und Shakespeare scheute sich offenbar nicht, persönliche Erfahrungen phantasievoll auszugestalten. In Sir John Falstaff hat er einen Charakter auf die Bühne gebracht, dem man sein Laster bereitwillig nachsieht. Er ist zum Nationalhelden avanciert – Merry Old England. Für einen Michael Cassio dagegen sind die Folgen des zypriotischen Weingenusses verheerend, und auch das betrunkene Monster

Caliban ist eher das abschreckende Beispiel eines von der Droge Alkohol Verführten.

»Shakespeare und die Musik« – bei diesem Thema frönt der Herausgeber seiner eigenen Vorliebe und weiß sich dabei mit dem Dichter einig. Denn Musik gehört für Shakespeare unabdingbar zum wahren Menschsein. Dass Cassius »keine Musik hört«, macht ihn unberechenbar, ja »gefährlich«. Cäsar hat das am eigenen Leib erfahren. Shakespeares Stücke – nicht zuletzt Prosperos Insel – sind voller Musik. Hunderte von musikalischen Regiebemerkungen sind gezählt worden, die häufigen Liedeinlagen stellen ein wichtiges Element der Dramaturgie dar. Und wie oft sind Shakespeares Verse selbst die reine Musik!

»Deutschland ist Hamlet« – Freiligraths Diagnose, 1844 politisch gemeint, hat sich bestätigt. Kein anderes Shakespeare-Drama hat das deutsche Publikum so stark beschäftigt wie die Tragödie des grüblerischen Dänenprinzen, mit dem man eine Seelenverwandtschaft spürte. Schlegels *Hamlet*-Übersetzung hat den klassischen deutschen Zitatenschatz enorm bereichert, dabei handelt es sich keineswegs nur um abgeklärte, zeitlos gültige Lebensweisheiten. Was diese Zitate vielmehr auszeichnet, sind ihre Direktheit und Spontaneität, ihre rhetorische Brillanz, ihre stilistische Vielfalt, ihre dramatische Treffsicherheit. Deshalb bildet eine kleine zweisprachige *Hamlet*-Blütenlese den Abschluss der Anthologie.

Zweifellos entfaltet Shakespeare seine volle Wirksamkeit nur auf der Bühne, und zwar in jeder Aufführung, die sich seinem Text verpflichtet fühlt. Dennoch ist er – sieht man von der Bibel ab –, seit der Gesamtausgabe seiner Werke in der Folio von 1623, auch der meist*gelesene* Autor der Weltliteratur. Dabei hat es seit jeher Florilegien gegeben, die »The Best of Shakespeare« bewahren wollten – was bei Dramen ein nicht ganz leichtes Unterfangen ist. Wenn es auch das Ziel der vorliegenden kleinen Auswahl ist, in sich verständliche Textpassagen zu bieten, so entfalten sie doch erst im Zusammenhang des jeweiligen Stückes ihre volle Wirksamkeit. Daher möchte das Bändchen nicht zuletzt dazu ermuntern, die Dramen als Ganzes zu lesen oder anzuschauen. Sie sind ja heute weltweit in allen Medien präsent.

Shakespeare wird hier – abgesehen von den Sonetten und einigen anderen Passagen – in der deutschen Übersetzung von Wilhelm August Schlegel, Dorothea Tieck und Wolf Heinrich Graf Baudissin geboten (nach der Ausgabe letzter Hand von 1843/44). Dass dies beim heutigen Stand der Shakespeare-(Übersetzungs-)Wissenschaft problematisch ist, weiß der Herausgeber wohl (in Reclams Universal-Bibliothek liegen übrigens die meisten Stücke auch in einer kommentierten zweisprachigen Prosaversion vor). Die Schlegel-Tieck-Baudissin-Ausgabe wird hier dennoch ganz bewusst zugrunde gelegt. Ihre Qualitäten sind unbestritten; durch sie ist Shakespeare ein klassischer deutscher Autor geworden.

Shakespeare schrieb seine Stücke vor mehr als 400 Jahren, und die Übersetzungen sind fast 200 Jahre alt. Shakespeares Englisch ist nicht das heutige Englisch und Schlegels Deutsch nicht das heutige Deutsch. Die Sprache schafft also jeweils Distanz und schärft zugleich Auge und Ohr für die Einzigartigkeit des Textes. Auch darin liegt ein gut Teil des Vergnügens, das die Beschäftigung mit Shakespeare gewährt.

Zeichnung des Swan Theatre von Johannes de Witt
(um 1596)

I

Prolog

JAQUES

Die ganze Welt ist Bühne
Und alle Frau'n und Männer bloße Spieler.
Sie treten auf und gehen wieder ab,
Sein Leben lang spielt einer manche Rollen
Durch sieben Akte hin. Zuerst das Kind,
Das in der Wärtrin Armen greint und sprudelt;
Der weinerliche Bube, der mit Bündel
Und glattem Morgenantlitz wie die Schnecke
Ungern zur Schule kriecht; dann der Verliebte,
Der wie ein Ofen seufzt, mit Jammerlied
Auf seiner Liebsten Brau'n; dann der Soldat,
Voll toller Flüch' und wie ein Pardel bärtig,
Auf Ehre eifersüchtig, schnell zu Händeln,
Bis in die Mündung der Kanone suchend
Die Seifenblase Ruhm. Und dann der Richter,
Im runden Bauche, mit Kapaun gestopft,
Mit strengem Blick und regelrechtem Bart,
Voll abgedroschner Beispiel', weiser Sprüche,
Spielt seine Rolle so. Das sechste Alter
Macht den besockten hagern Pantalon,
Brill' auf der Nase, Beutel an der Seite;
Die jugendliche Hose, wohl geschont,
'ne Welt zu weit für die verschrumpften Lenden;

Die tiefe Männerstimme, umgewandelt
Zum kindischen Diskante, pfeift und quäkt
In seinem Ton. Der letzte Akt, mit dem
Die seltsam wechselnde Geschichte schließt,
Ist zweite Kindheit, gänzliches Vergessen,
Ohn' Augen, ohne Zahn, Geschmack und alles.

Wie es euch gefällt II,7

II

Könige und hohe Herren
Große Reden und Monologe

Dies Reich, dies England

JOHANN VON GAUNT

Der Königsthron hier, dies gekrönte Eiland,
Dies Land der Majestät, der Sitz des Mars,
Dies zweite Eden, halbe Paradies,
Dies Bollwerk, das Natur für sich erbaut,
Der Ansteckung und Hand des Kriegs zu trotzen,
Dies Volk des Segens, diese kleine Welt,
Dies Kleinod, in die Silbersee gefasst,
Die ihr den Dienst von einer Mauer leistet,
Von einem Graben, der das Haus verteidigt
Vor weniger beglückter Länder Neid;
Der segensvolle Fleck, dies Reich, dies England,
Die Amm', der Mutterschoß erhabner Fürsten,
An Söhnen stark und glorreich von Geburt;
So weit vom Haus berühmt für ihre Taten,
Für Christendienst und echte Ritterschaft,
Als fern im starren Judentum das Grab
Des Weltheilandes liegt, der Jungfrau Sohn:
Dies teure, teure Land so teurer Seelen,
Durch seinen Ruf in aller Welt so teuer,
Ist nun in Pacht – ich sterbe, da ich's sage –,

Gleich einem Landgut oder Meierhof.
Ja, England, eingefasst vom stolzen Meer,
Des Felsgestade jeden Wellensturm
Des neidischen Neptunus wirft zurück,
Ist nun in Schmach gefasst, mit Tintenflecken
Und Schriften auf verfaultem Pergament.
England, des andern obzusiegen pflegte,
Hat schmählich über sich nun Sieg erlangt.
Oh, wich' das Ärgernis mit meinem Leben,
Wie glücklich wäre dann mein naher Tod!

König Richard II. II,2

Der Auftritt

GLOSTER
[später König Richard III.]

Nun ward der Winter unsers Missvergnügens
Glorreicher Sommer durch die Sonne Yorks;
Die Wolken all, die unser Haus bedräut,
Sind in des Weltmeers tiefem Schoß begraben.
Nun zieren unsre Brauen Siegeskränze,
Die schart'gen Waffen hängen als Trophä'n;
Aus rauhem Feldlärm wurden muntre Feste,
Aus furchtbarn Märschen holde Tanzmusiken.
Der grimm'ge Krieg hat seine Stirn entrunzelt,
Und statt zu reiten das geharn'schte Ross,

Um droh'nder Gegner Seelen zu erschrecken,
Hüpft er behend in einer Dame Zimmer
Nach üppigem Gefallen einer Laute.
Doch ich, zu Possenspielen nicht gemacht,
Noch um zu buhlen mit verliebten Spiegeln;
Ich, roh geprägt, entblößt von Liebesmajestät,
Vor leicht sich dreh'nden Nymphen mich zu brüsten;
Ich, um dies schöne Ebenmaß verkürzt,
Von der Natur um Bildung falsch betrogen,
Entstellt, verwahrlost, vor der Zeit gesandt
In diese Welt des Atmens, halb kaum fertig
Gemacht, und zwar so lahm und ungeziemend,
Dass Hunde bellen, hink' ich wo vorbei;
Ich nun, in dieser schlaffen Friedenszeit,
Weiß keine Lust, die Zeit mir zu vertreiben,
Als meinen Schatten in der Sonne späh'n
Und meine eigne Missgestalt erörtern;
Und darum, weil ich nicht als ein Verliebter
Kann kürzen diese fein beredten Tage,
Bin ich gewillt, ein Bösewicht zu werden
Und feind den eitlen Freuden dieser Tage.
Anschläge macht' ich, schlimme Einleitungen,
Durch trunkne Weissagungen, Schriften, Träume,
Und meinen Bruder Clarence und den König
In Todfeindschaft einander zu verhetzen.
Und ist nur König Eduard treu und echt,
Wie ich verschmitzt, falsch und verräterisch,
So muss heut Clarence eng verhaftet werden

Für eine Weissagung, die sagt, dass G
Den Erben Eduards nach dem Leben steh'.
Taucht unter, ihr Gedanken! Clarence kommt.

König Richard III. 1,1

Die Tat

MACBETH

Wär's abgetan, so wie's getan ist, dann wär's gut,
Man tät' es eilig: – Wenn der Meuchelmord
Aussperren könnt' aus seinem Netz die Folgen
Und nur Gelingen aus der Tiefe zöge:
Dass mit dem Stoß, einmal für immer, alles
Sich abgeschlossen hätte – hier, nur hier –
Auf dieser Schülerbank der Gegenwart –,
So setzt' ich weg mich übers künft'ge Leben. –
Doch immer wird bei solcher Tat uns schon
Vergeltung hier: dass, wie wir ihn gegeben,
Den blut'gen Unterricht, er, kaum gelernt,
Zurückschlägt, zu bestrafen den Erfinder.
Dies Recht, mit unabweislich fester Hand,
Setzt unsern selbstgemischten, gift'gen Kelch
An unsre eignen Lippen. –
Er kommt hieher, zwiefach geschirmt: zuerst,
Weil ich sein Vetter bin und Untertan,
Beides hemmt stark die Tat; dann, ich – sein Wirt,

Jon Finch als Macbeth
in der Verfilmung von Roman Polanski
(1970/71, Columbia)

Der gegen seinen Mörder schließen müsste
Das Tor, nicht selbst das Messer führen. –
Dann hat auch dieser Duncan seine Würde
So mild getragen, blieb im großen Amt
So rein, dass seine Tugenden, wie Engel
Posaunenzüngig, werden Rache schrein

Dem tiefen Höllengreuel seines Mords;
Und Mitleid, wie ein nacktes, neugebornes Kind,
Auf Sturmwind reitend, oder Himmels Cherubim,
Zu Ross auf unsichtbaren, luft'gen Rennern,
Blasen die Schreckenstat in jedes Auge,
Bis Tränenflut den Wind ertränkt. –
Ich habe keinen Stachel,
Die Seiten meines Wollens anzuspornen,
Als einzig Ehrgeiz, der, zum Aufschwung eilend,
Sich überspringt und jenseits niederfällt: –

Macbeth 1,7

Der Dolch

MACBETH

Ist das ein Dolch, was ich vor mir erblicke,
Der Griff mir zugekehrt? Komm, lass dich packen –
Ich fass' dich nicht, und doch seh ich dich immer.
Bist du, Unglücksgebild, so fühlbar nicht
Der Hand gleich wie dem Aug'? oder bist du nur
Ein Dolch der Einbildung, ein nichtig Blendwerk,
Das aus dem heiß gequälten Hirn erwächst?
Ich seh dich noch, so greifbar von Gestalt
Wie der, den jetzt ich zücke.
Du gehst mir vor den Weg, den ich will schreiten,
Und eben solche Waffe wollt' ich brauchen.

Mein Auge ward der Narr der andern Sinne
Oder mehr als alle wert. – Ich seh dich stets
Und dir an Griff und Klinge Tropfen Bluts,
Was erst nicht war. – Es ist nicht wirklich da:
Es ist die blut'ge Arbeit, die mein Auge
So in die Lehre nimmt. – Jetzt auf der halben Erde
Scheint tot Natur, und den verhangnen Schlaf
Quälen Versucherträume; Hexenkunst
Begeht den Dienst der bleichen Hekate;
Und dürrer Mord,
Durch seine Schildwacht aufgeschreckt, den Wolf,
Der ihm das Wachtwort heult – so dieb'schen
Schrittes,
Wie wild entbrannt Tarquin, dem Ziel entgegen
Schreitet gespenstisch. –
Du festgefugte Erde, leicht verwundbar,
Hör meine Schritte nicht, wo sie auch wandeln,
Dass nicht ausschwatzen selber deine Steine
Mein Wohinaus und von der Stunde nehmen
Den jetz'gen stummen Graus, der so ihr ziemt. –
Hier droh ich, er lebt dort;
Für heiße Tat zu kalt das müß'ge Wort!
Die Glocke wird angeschlagen.
Ich geh, und 's ist getan; die Glocke mahnt.
Hör sie nicht, Duncan, 's ist ein Grabgeläut,
Das dich zu Himmel oder Höll' entbeut.

Macbeth II,1

Sein oder Nichtsein

HAMLET

Sein oder Nichtsein, das ist hier die Frage:
Ob's edler im Gemüt, die Pfeil' und Schleudern
Des wütenden Geschicks erdulden, oder,
Sich waffnend gegen eine See von Plagen,
Durch Widerstand sie enden. Sterben – schlafen –
Nichts weiter! – und zu wissen, dass ein Schlaf
Das Herzweh und die tausend Stöße endet,
Die unsers Fleisches Erbteil – 's ist ein Ziel
Aufs innigste zu wünschen. Sterben – schlafen –
Schlafen! Vielleicht auch träumen! – Ja, da liegt's:
Was in dem Schlaf für Träume kommen mögen,
Wenn wir den Drang des Ird'schen abgeschüttelt,
Das zwingt uns stillzustehn. Das ist die Rücksicht,
Die Elend lässt zu hohen Jahren kommen.
Denn wer ertrüg' der Zeiten Spott und Geißel,
Des Mächt'gen Druck, des Stolzen Misshandlungen,
Verschmähter Liebe Pein, des Rechtes Aufschub,
Den Übermut der Ämter und die Schmach,
Die Unwert schweigendem Verdienst erweist,
Wenn er sich selbst in Ruhstand setzen könnte
Mit einer Nadel bloß? Wer trüge Lasten
Und stöhnt' und schwitzte unter Lebensmüh'?
Nur dass die Furcht vor etwas nach dem Tod –
Das unentdeckte Land, von des Bezirk
Kein Wandrer wiederkehrt – den Willen irrt,

Dass wir die Übel, die wir haben, lieber
Ertragen, als zu unbekannten fliehn.
So macht Gewissen Feige aus uns allen;
Der angebornen Farbe der Entschließung
Wird des Gedankens Blässe angekränkelt;
Und Unternehmungen voll Mark und Nachdruck,
Durch diese Rücksicht aus der Bahn gelenkt,
Verlieren so der Handlung Namen. – Still!
Die reizende Ophelia. – Nymphe, schließ
In dein Gebet all meine Sünden ein.

Hamlet III,1

Reue und Rache

KÖNIG CLAUDIUS

O meine Tat ist faul, sie stinkt zum Himmel,
Sie trägt den ersten, ältesten der Flüche,
Mord eines Bruders. – Beten kann ich nicht,
Ist gleich die Neigung dringend wie der Wille:
Die stärkre Schuld besiegt den starken Vorsatz,
Und wie ein Mann, dem zwei Geschäft' obliegen,
Steh' ich in Zweifel, was ich erst soll tun,
Und lasse beides. Wie? wär' diese Hand
Auch um und um in Bruderblut getaucht:
Gibt es nicht Regen g'nug im milden Himmel,
Sie weiß wie Schnee zu waschen? Wozu dient
Die Gnad', als vor der Sünde Stirn zu treten?
Und hat Gebet nicht die zwiefache Kraft,

Dem Falle vorzubeugen und Verzeihung
Gefallnen auszuwirken? Gut, ich will
Emporschau'n: mein Verbrechen ist geschehn.
Doch oh, welch eine Wendung des Gebets
Ziemt meinem Fall? »Vergib mir meinen schnöden
Mord?«
Dies kann nicht sein; mir bleibt ja stets noch alles,
Was mich zum Mord getrieben: meine Krone,
Mein eigner Ehrgeiz, meine Königin.
Wird da verzieh'n, wo Missetat besteht?
In den verderbten Strömen dieser Welt
Kann die vergold'te Hand der Missetat
Das Recht wegstoßen, und ein schnöder Preis
Erkauft oft das Gesetz. Nicht so dort oben!
Da gilt kein Kunstgriff, da erscheint die Handlung
In ihrer wahren Art, und wir sind selbst
Genötigt, unsern Fehlern in die Zähne
Ein Zeugnis abzulegen. Nun? was bleibt?
Sehn, was die Reue kann. Was kann sie nicht?
Doch wenn man nicht bereuen kann, was kann sie?
O Jammerstand? O Busen, schwarz wie Tod!
O Seele, die, sich frei zu machen ringend,
Noch mehr verstrickt wird. – Engel, helft! versucht!
Beugt euch, ihr starren Knie! gestähltes Herz,
Sei weich wie Sehnen neugeborner Kinder!
Vielleicht wird alles gut.

Entfernt sich und kniet nieder.
Hamlet kommt.

HAMLET
Jetzt könnt' ich's tun, bequem; er ist im Beten,
Jetzt will ich's tun – und so geht er gen Himmel,
Und so bin ich gerächt? Das hieß': ein Bube
Ermordet meinen Vater, und dafür
Send' ich, sein einz'ger Sohn, denselben Buben
Gen Himmel.
Ei, das wär' Sold und Löhnung, Rache nicht.
Er überfiel in Wüstheit meinen Vater,
Voll Speis', in seiner Sünden Maienblüte.
Wie seine Rechnung steht, weiß nur der Himmel,
Allein nach unsrer Denkart und Vermutung
Ergeht's ihm schlimm: und bin ich dann gerächt,
Wenn ich in seiner Heiligung ihn fasse,
Bereitet und geschickt zum Übergang?
Nein.
Hinein, du Schwert! sei schrecklicher gezückt!
Wann er berauscht ist, schlafend, in der Wut,
In seines Betts blutschänderischen Freuden,
Beim Doppeln, Fluchen oder anderm Tun,
Das keine Spur des Heiles an sich hat:
Dann stoß ihn nieder, dass gen Himmel er
Die Fersen bäumen mag, und seine Seele
So schwarz und so verdammt sei wie die Hölle,
Wohin er fährt. Die Mutter wartet mein:
Dies soll nur Frist den siechen Tagen sein.

Ab.

Der König steht auf.

KÖNIG CLAUDIUS

Die Worte fliegen auf, der Sinn hat keine Schwingen:
Wort ohne Sinn kann nicht zum Himmel dringen.

Hamlet III,3

Ein Bastard

EDMUND

Natur, du meine Göttin! Deiner Satzung
Gehorch ich einzig. Weshalb sollt' ich dulden
Die Plagen der Gewohnheit und gestatten,
Dass mich der Völker Kleinlichkeit enterbt,
Weil ich ein zwölf, ein vierzehn Mond' erschien
Nach einem Bruder? – Was Bastard? Weshalb unecht?
Wenn meiner Glieder Maß so stark gefügt,
Mein Sinn so edel, so adlig meine Züge,
Als einer Eh'gemahlin Frucht! Warum
Mit unecht uns brandmarken? Bastard? Unecht?
Uns, die im heißen Diebstahl der Natur
Mehr Stoff empfahn und kräft'gern Feuergeist,
Als in verdumpftem, trägem, schalem Bett
Verwandt wird auf ein ganzes Heer von Tröpfen,
Halb zwischen Schlaf gezeugt und Wachen? Drum,
Echtbürt'ger Edgar! mein wird noch dein Land!
Des Vaters Liebe hat der Bastard Edmund

Wie der Echtbürt'ge. – Schönes Wort: echtbürtig!
Wohl, mein Echtbürt'ger, wenn dies Brieflein wirkt
Und mein Erfinden glückt, stürzt den Echtbürt'gen
Der Bastard Edmund. Ich gedeih', ich wachse!
Nun, Götter, schirmt Bastarde!

König Lear 1,2

Ein König

LEAR

Ja, jeder Zoll ein König! –
Blick' ich so starr, sieh, bebt der Untertan! –
Dem schenk' ich 's Leben. Was war sein Vergehn?
Eh'bruch! –
Du sollst nicht sterben. Tod wegen Eh'bruch? – Nein!
Der Zeisig tut's, die kleine goldne Fliege,
Vor meinen Augen buhlt sie.
Lasst der Vermehrung Lauf! – Denn Glosters
Bastard
Liebte den Vater mehr als meine Töchter,
Erzeugt im Eh'bett.
Dran, Unzucht! Frisch auf, denn ich brauch' Soldaten.
Sieh die gezierte Dame dort,
Ihr Antlitz weissagt Schnee in ihrem Schoß;
Sie spreizt sich tugendhaft und dreht sich weg,
Hört sie die Lust nur nennen,
Und doch sind Iltis nicht und hitz'ge Stute

So ungestüm in ihrer Brunst.
Vom Gürtel nieder sind's Kentauren,
Wenn auch von oben Weib. Nur bis zum Gürtel
Sind sie den Göttern eigen. Jenseit alles
Gehört den Teufeln, dort ist Hölle, Nacht,
Dort ist der Schwefelpfuhl, Brunnen, Sieden,
Pestgeruch,
Verwesung, pfui, pfui, pfui! – Pah! – Pah! –
Gib etwas Bisam, guter Apotheker,
Meine Phantasie zu würzen. Da ist Gold für dich.

König Lear IV,6

LEAR

Blast, Winde, sprengt die Backen! Wütet! Blast!
Ihr Katarakt' und Wolkenbrüche, speit,
Bis ihr die Türm' ersäuft und Wetterhähn' ertränkt!
Ihr schweflichten, gedankenschnellen Blitze,
Vortrab dem Donnerkeil, der Eichen spaltet,
Versengt mein weißes Haupt! Du Donner,
schmetternd,
Schlag flach das mächt'ge Rund der Welt; zerbrich
Die Formen der Natur, vernicht auf eins
Den Schöpfungskeim des undankbaren Menschen!

König Lear III,2

KÖNIG RICHARD

Das ist gleichviel; von Troste rede niemand,
Von Gräbern sprecht, von Würmern, Leichensteinen!
Macht zum Papier den Staub, und auf den Busen
Der Erde schreib' ein regnicht Auge Jammer.
Vollzieher wählt und sprecht von Testamenten:
Nein, doch nicht: – denn was können wir vermachen,
Als unsern abgesetzten Leib dem Boden?
Hat Bolingbroke doch unser Land und Leben,
Und nichts kann unser heißen als der Tod
Und jenes kleine Maß von dürrer Erde,
Die dem Gebein zur Rind' und Decke dient.
Um Himmels willen, lasst uns niedersitzen
Zu Trauermären von der Kön'ge Tod: –
Wie *die* entsetzt sind, *die* im Krieg erschlagen,
Die von entthronten Geistern heimgesucht,
Im Schlaf erwürgt, von ihren Frau'n vergiftet,
Ermordet alle; denn im hohlen Zirkel,
Der eines Königs sterblich Haupt umgibt,
Hält seinen Hof der Tod: da sitzt der Schalksnarr,
Höhnt seinen Staat und grinst zu seinem Pomp;
Lässt ihn ein Weilchen, einen kleinen Auftritt
Den Herrscher spielen, droh'n, mit Blicken töten;
Flößt einen eitlen Selbstbetrug ihm ein,
Als wär' dies Fleisch, das unser Leben einschanzt,
Unüberwindlich Erz; und, so gelaunt,

Kommt er zuletzt und bohrt mit kleiner Nadel
Die Burgmau'r an, und – König, gute Nacht!
Bedeckt die Häupter, höhnt nicht Fleisch und Blut
Mit Ehrbezeigung; werft die Achtung ab,
Gebräuche, Sitt' und äußerlichen Dienst.
Ihr irrtet euch die ganze Zeit in mir:
Wie ihr, leb' ich von Brot, ich fühle Mangel,
Ich schmecke Kummer und bedarf der Freunde.
So unterworfen nun,
Wie könnt ihr sagen, dass ich König bin?

König Richard II. III,3

Ein Intrigant

JAGO

Dass Cassio sie liebt, das glaub' ich wohl;
Dass sie ihn liebt, ist denkbar und natürlich.
Der Mohr (obschon ich ihm von Herzen gram)
Ist liebevoller, treuer, edler Art
Und wird für Desdemona, denk' ich, sicher
Ein wackrer Eh'mann. Jetzt lieb' ich sie auch;
Nicht zwar aus Lüsternheit – wiewohl vielleicht
Nicht kleinre Sünde mir zuschulden kommt –,
Nein, mehr um meine Rach' an ihm zu weiden,
Weil ich vermute, dass der üpp'ge Mohr
Mir ins Gehege kam, und der Gedanke

Nagt wie ein fressend Gift an meinem Innern;
Nichts kann und soll mein Herz beruhigen,
Bis ich ihm wett geworden, Weib um Weib;
Oder, schlägt dies mir fehl, bring' ich den Mohren
In Eifersucht so wilder Art, dass nie
Vernunft sie heilen kann. Dies zu vollbringen –
Hält nur mein Köter von Venedig stand,
Den ich mir ködre zu der schnellen Jagd –
Pack' ich den Michael Cassio bei der Hüfte,
Verschwärz' ihn dann dem Mohren als gefährlich;
Denn Cassio fürcht' ich auch für mein Gespons.
So dankt Othello mir's, liebt mich, belohnt mich,
Dass ich so stattlich ihn zum Esel machte
Und seine Ruh' und Freud' ihm untergrub,
Zum Wahnsinn. – Ja, hier liegt's, noch nicht entfaltet;
Die Bosheit wird durch Tat erst ganz gestaltet.

Othello II,1

Zwei Leichenreden

I

BRUTUS

Römer! Mitbürger! Freunde! Hört mich meine Sache führen und seid still, damit ihr hören möget. Glaubt mir um meiner Ehre willen und hegt Achtung vor meiner Ehre, damit ihr glauben mögt. Richtet mich nach eurer Weisheit und weckt eure Sinne, um desto besser urteilen zu können. Ist jemand in dieser Versammlung, irgendein herzlicher Freund Cäsars, dem sage ich: des Brutus Liebe zum Cäsar war nicht geringer als seine. Wenn dieser Freund dann fragt, warum Brutus gegen Cäsar aufstand, ist dies meine Antwort: nicht, weil ich Cäsarn weniger liebte, sondern weil ich Rom mehr liebte. Wolltet ihr lieber, Cäsar lebte und ihr stürbet alle als Sklaven, als dass Cäsar tot ist, damit ihr alle lebet wie freie Männer? Weil Cäsar mich liebte, wein ich um ihn; weil er glücklich war, freue ich mich; weil er tapfer war, ehr ich ihn; aber weil er herrschsüchtig war, erschlug ich ihn. Also Tränen für seine Liebe, Freude für sein Glück, Ehre für seine Tapferkeit, und Tod für seine Herrschsucht. Wer ist hier so niedrig gesinnt, dass er ein Knecht sein möchte? Ist es jemand, er rede, denn ihn habe ich beleidigt. Wer ist hier so roh, dass er nicht wünschte, ein Römer zu sein? Ist es jemand, er rede, denn ihn habe ich beleidigt. Wer ist hier so niederträchtig, dass er nicht sein Vaterland liebt? Ist es jemand, er rede; denn ihn habe ich beleidigt. Ich halte inne, um Antwort zu hören.

BÜRGER

Verschiedne Stimmen auf einmal.

Niemand, Brutus, niemand.

BRUTUS

Dann habe ich niemand beleidigt. Ich tat Cäsarn nichts, als was ihr dem Brutus tun würdet. Die Untersuchung über seinen Tod ist im Kapitol aufgezeichnet: sein Ruhm nicht geschmälert, wo er Verdienste hatte, seine Vergehen nicht übertrieben, für die er den Tod gelitten. *(Antonius und andre treten auf mit Cäsars Leiche.)* Hier kommt seine Leiche, vom Mark Anton betrauert, der, ob er schon keinen Teil an seinem Tode hatte, die Wohltat seines Sterbens, einen Platz im gemeinen Wesen, genießen wird. Wer von euch wird es nicht? Hiermit trete ich ab: wie ich meinen besten Freund für das Wohl Roms erschlug, so habe ich denselben Dolch für mich selbst, wenn es dem Vaterlande gefällt, meinen Tod zu bedürfen.

BÜRGER

Lebe, Brutus! lebe! lebe!

II

ANTONIUS

Mitbürger! Freunde! Römer! hört mich an:
Begraben will ich Cäsarn, nicht ihn preisen.
Was Menschen Übles tun, das überlebt sie,
Das Gute wird mit ihnen oft begraben.
So sei es auch mit Cäsarn! Der edle Brutus
Hat euch gesagt, dass er voll Herrschsucht war;

Und war er das, so war's ein schwer Vergehen,
Und schwer hat Cäsar auch dafür gebüßt.
Hier, mit des Brutus' Willen und der andern
(Denn Brutus ist ein ehrenwerter Mann,
Das sind sie alle, alle ehrenwert),
Komm' ich, bei Cäsars Leichenzug zu reden.
Er war mein Freund, war mir gerecht und treu,
Doch Brutus sagt, dass er voll Herrschsucht war,
Und Brutus ist ein ehrenwerter Mann.
Er brachte viel Gefangne heim nach Rom,
Wofür das Lösegeld den Schatz gefüllt.
Sah das der Herrschsucht wohl am Cäsar gleich?
Wenn Arme zu ihm schrien, so weinte Cäsar:
Die Herrschsucht sollt' aus härterm Stoff bestehn.
Doch Brutus sagt, dass er voll Herrschsucht war,
Und Brutus ist ein ehrenwerter Mann.
Ihr alle saht, wie am Luperkusfest
Ich dreimal ihm die Königskrone bot,
Die dreimal er geweigert. War das Herrschsucht?
Doch Brutus sagt, dass er voll Herrschsucht war,
Und ist gewiss ein ehrenwerter Mann.
Ich will, was Brutus sprach, nicht widerlegen,
Ich spreche hier von dem nur, was ich weiß.
Ihr liebtet all' ihn einst nicht ohne Grund:
Was für ein Grund wehrt euch, um ihn zu trauern?
O Urteil, du entflohst zum blöden Vieh,
Der Mensch ward unvernünftig! – Habt Geduld!
Mein Herz ist in dem Sarge hier beim Cäsar,
Und ich muss schweigen, bis es mir zurückkommt.

ERSTER BÜRGER

Mich dünkt, in seinen Reden ist viel Grund.

Julius Cäsar III,2

Ein Jude

SHYLOCK

Ich bin ein Jude. Hat nicht ein Jude Augen? hat nicht ein Jude Hände, Gliedmaßen, Werkzeuge, Sinne, Neigungen, Leidenschaften? mit derselben Speise genährt, mit denselben Waffen verletzt, denselben Krankheiten unterworfen, mit denselben Mitteln geheilt, gewärmt und gekältet von eben dem Winter und Sommer als ein Christ? Wenn ihr uns stecht, bluten wir nicht? Wenn ihr uns kitzelt, lachen wir nicht? Wenn ihr uns vergiftet, sterben wir nicht? Und wenn ihr uns beleidigt, sollen wir uns nicht rächen? Sind wir euch in allen Dingen ähnlich, so wollen wir's euch auch darin gleichtun. Wenn ein Jude einen Christen beleidigt, was ist seine Menschlichkeit? Rache. Wenn ein Christ einen Juden beleidigt, was muss seine Geduld sein nach christlichem Vorbild? Nu, Rache. Die Bosheit, die ihr mich lehrt, die will ich ausüben, und es muss schlimm hergehn, oder ich will es meinen Meistern zuvortun.

Der Kaufmann von Venedig III,1

Ehre

FALSTAFF

Er ist noch nicht verfallen, ich möchte ihn nicht gern vor seinem Termin bezahlen. Was brauche ich so bei der Hand zu sein, wenn er mich nicht ruft? Gut, es mag sein: Ehre beseelt mich vorzudringen. Wenn aber Ehre mich beim Vordringen entseelt? Wie dann? Kann Ehre ein Bein ansetzen? Nein. Oder einen Arm? Nein. Oder den Schmerz einer Wunde stillen? Nein. Ehre versteht sich also nicht auf die Chirurgie? Nein. Was ist Ehre? Ein Wort. Was steckt in dem Wort Ehre? Was ist diese Ehre? Luft. Eine feine Rechnung! – Wer hat sie? Er, der vergangenen Mittwoch starb. Fühlt er sie? Nein. Hört er sie? Nein. Ist sie also nicht fühlbar? Für die Toten nicht. Aber lebt sie nicht etwa mit den Lebenden? Nein. Warum nicht? Die Verleumdung gibt es nicht zu. Ich mag sie also nicht. – Ehre ist nichts als ein gemalter Schild beim Leichenzuge, und so endigt mein Katechismus.

König Heinrich IV. Teil 1, V,2

TITANIA

Das sind die Grillen deiner Eifersucht!
Und nie, seit jenem Sommer, trafen wir
Auf Hügeln noch im Tal, in Wald noch Wiese,
Am Kieselbrunnen, am beschilften Bach,
Noch an des Meeres Klippenstrand uns an,
Und tanzten Ringel nach des Windes Pfeifen,
Dass dein Gezänk uns nicht die Lust verdarb.
Drum sog der Wind, der uns vergeblich pfiff,
Als wie zur Rache, böse Nebel auf
Vom Grund des Meers; die fielen auf das Land
Und machten jeden winz'gen Bach so stolz,
Dass er des Bettes Dämme niederriss.
Drum schleppt der Stier sein Joch umsonst, der Pflüger
Vergeudet seinen Schweiß, das grüne Korn
Verfault, eh' seine Jugend Bart gewinnt.
Leer steht die Hürd' auf der ersäuften Flur,
Und Krähen prassen in der siechen Herde.
Verschlämmt vom Leime liegt die Kegelbahn;
Unkennbar sind die art'gen Labyrinthe
Im muntern Grün, weil niemand sie betritt.
Den Menschenkindern fehlt die Winterlust;
Kein Sang noch Jubel macht die Nächte froh.
Drum hat der Mond, der Fluten Oberherr,
Vor Zorne bleich, die ganze Luft gewaschen,

Und fieberhafter Flüsse viel erzeugt.
Durch eben die Zerrüttung wandeln sich
Die Jahreszeiten: silberhaar'ger Frost
Fällt in den zarten Schoß der Purpurrose;
Indes ein würz'ger Kranz von Sommerknospen
Auf Hymens Kinn und der beeisten Scheitel
Als wie zum Spotte prangt. Der Lenz, der Sommer,
Der zeitigende Herbst, der zorn'ge Winter,
Sie alle tauschen die gewohnte Tracht,
Und die erstaunte Welt erkennt nicht mehr
An ihrer Frucht und Art, wer jeder ist.
Und diese ganze Brut von Plagen kommt
Von unserm Streit, von unserm Zwiespalt her;
Wir sind davon die Stifter und Erzeuger.

Ein Sommernachtstraum II,1

Abschied

PROSPERO

Ihr Elfen von den Hügeln, Bächen, Hainen;
Und ihr, die ihr am Strand, spurloses Fußes,
Den ebbenden Neptunus jagt und flieht,
Wann er zurückkehrt; halbe Zwerge, die ihr
Bei Mondschein grüne saure Ringlein macht,
Wovon das Schaf nicht frisst; die ihr zur Kurzweil
Die nächt'gen Pilze macht; die ihr am Klang

Der Abendglock' euch freut; mit deren Hülfe
(Seid ihr gleich schwache Fäntchen) ich am Mittag
Die Sonn' umhüllt, aufrühr'sche Wind' entboten,
Die grüne See mit der azurnen Wölbung
In lauten Kampf gesetzt, den furchtbarn Donner
Mit Feu'r bewehrt und Jovis Baum gespalten
Mit seinem eignen Keil, des Vorgebirgs
Grundfest' erschüttert, ausgerauft am Knorren
Die Ficht' und Zeder; Grüft', auf mein Geheiß,
Erweckten ihre Toten, sprangen auf
Und ließen sie heraus durch meiner Kunst
Gewalt'gen Zwang: doch dieses grause Zaubern
Schwör' ich hier ab; und hab' ich erst, wie jetzt
Ich's tue, himmlische Musik gefordert,
Zu wandeln ihre Sinne, wie die luft'ge
Magie vermag: so brech' ich meinen Stab,
Begrab' ihn manche Klafter in die Erde,
Und tiefer, als ein Senkblei je geforscht,
Will ich mein Buch ertränken.

Feierliche Musik.

Der Sturm V,1

Fast alle Shakespeare-Porträts vereinigt
Englische Zeitschriftenillustration (1845)

III

Kleine Leute und Narren

Herr und Hund

LANZ

führt einen Hund am Strick

Nein, in einer ganzen Stunde werde ich nicht mit Weinen fertig; alle Lanze haben nun einmal den Fehler. Ich habe mein Erbteil empfangen, wie der verlorne Sohn, und gehe mit Herrn Proteus an den kaiserlichen Hof. Ich denke, Krabb, mein Hund, ist der allerhartherzigste Hund auf der ganzen Welt; meine Mutter weinte, mein Vater jammerte, meine Schwester schrie, unsre Magd heulte, unsre Katze rang die Hände, und unser ganzes Haus war im erbärmlichsten Zustand, da vergoss dieser tyrannische Köter nicht *eine* Träne; er ist ein Stein, ein wahrer Kieselstein, und hat nicht mehr Nächstenliebe als ein Hund; ein Jude würde geweint haben, wenn er unsern Abschied gesehn hätte; ja, meine Großmutter, die keine Augen mehr hat, seht ihr, die weinte sich blind bei meinem Fortgehn. Ich will euch zeigen, wie es herging: dieser Schuh ist mein Vater; nein, dieser linke Schuh ist mein Vater – nein, dieser linke Schuh ist meine Mutter; nein, so kann es nicht sein; – ja, es ist so, es ist so; er hat die schlechteste Sohle; dieser Schuh mit dem Loch ist meine Mutter, und dieser mein Vater; hol' mich der Henker! so ist's; nun dieser Stock ist meine Schwester, denn seht ihr, sie ist so weiß wie eine Lilie und schlank wie eine Gerte; dieser Hut ist Hanne, unsre Magd, ich bin der Hund – nein, der Hund ist er selbst, und ich bin der Hund – ach! der Hund ist ich, und ich bin auch ich selbst; ja, ja, so ist's. Nun komme ich zu meinem Vater; Vater, Euern Segen; nun kann der Schuh vor Weinen kein Wort sprechen; nun küsse ich meinen Vater; gut, er weint fort; – nun komme ich zu meiner Mutter (oh, dass sie nur sprechen könnte, wie ein Weib, das von Sinnen ist!); gut, ich küsse sie; ja, das ist wahr: das ist meiner Mutter Atem ganz und gar; nun komme ich zu meiner Schwester; gebt acht, wie sie ächzt; nun vergießt der Hund keine Träne, und spricht während der ganzen Zeit kein Wort; und ihr seht doch, wie ich den Staub mit meinen Tränen lösche.

Die beiden Veroneser II,3

Was das Gewissen sagt

LANZELOT

Sicherlich, mein Gewissen lässt mir's zu, von diesem Juden, meinem Herrn, wegzulaufen. Der böse Feind ist mir auf der Ferse und versucht mich und sagt zu mir: »Gobbo, Lanzelot Gobbo, guter Lanzelot«, oder »guter Gobbo«, oder »guter Lanzelot Gobbo, brauch deine Beine, reiß aus, lauf davon.« Mein Gewissen sagt: »Nein, hüte dich, ehrlicher Lanzelot, hüte dich, ehrlicher Gobbo«; oder, wie obgemeldt, »ehrlicher Lanzelot Gobbo; lauf nicht, lass das Ausreißen bleiben.« Gut, der überaus herzhafte Feind heißt mich aufpacken; »Marsch!« sagt der Feind; »fort!« sagt der Feind, »um des Himmels willen; fass dir ein wackres Herz«, sagt der Feind, »und lauf.« Gut, mein Gewissen hängt sich meinem Herzen um den Hals und sagt sehr weislich zu mir: »Mein ehrlicher Freund Lanzelot, da du eines ehrlichen Mannes Sohn bist« – oder vielmehr eines ehrlichen Weibes Sohn; denn die Wahrheit zu sagen, mein Vater hatte einen kleinen Beigeschmack, er war etwas ansäuerlich – gut, mein Gewissen sagt: »Lanzelot, weich und wanke nicht!« »Weiche«, sagt der Feind; »wanke nicht«, sagt mein Gewissen. Gewissen, sage ich, dein Rat ist gut; Feind, sage ich, dein Rat ist gut; lasse ich mich durch mein Gewissen regieren, so bleibe ich bei dem Juden, meinem Herrn, der, Gott sei mir gnädig! eine Art von Teufel ist. Laufe ich von dem Juden weg, so lasse ich mich durch den bösen Feind regieren, der, mit Respekt zu sagen, der Teufel selber ist. Gewiss, der Jude ist der wahre eingefleischte Teufel, und auf mein Gewissen, mein Gewissen ist gewissermaßen ein hartherziges Gewissen, dass es mir raten will, bei dem Juden zu bleiben.

Der Feind gibt mir einen freundschaftlicheren Rat: ich will laufen, Feind! meine Fersen stehn dir zu Gebote, ich will laufen.

Der Kaufmann von Venedig II,2

Es klopft bei Macbeth

PFÖRTNER

Das ist ein Klopfen! Wahrhaftig, wenn einer Höllenpförtner wäre, da hätte er was zu schließen. Poch, poch, poch: Wer da! in Beelzebubs Namen? Ein Pachter, der sich in Erwartung einer reichen Ernte aufhing. Zur rechten Zeit gekommen; habt ihr auch Schnupftücher genug bei euch? denn hier werdet ihr dafür schwitzen müssen! – Poch, poch: wer da! in des andern Teufels Namen? Mein Treu, ein Zweideutler, der in beide Schalen gegen jede Schale schwören konnte, der um Gottes willen Verrätereien genug beging und sich doch nicht zum Himmel hinein zweideuteln konnte. Herein, Zweideutler. – Poch, poch, poch: Wer da? Mein Treu, ein englischer Schneider, hier angekommen, weil er etwas aus einer französischen Hose gestohlen: herein, Schneider; hier kannst du deine Bügelgans braten. Poch, poch – Keine Ruhe! Wer seid ihr? Aber hier ist es zu kalt für die Hölle; ich mag nicht länger Teufelspförtner sein. Ich dachte, ich wollte von jedem Gewerbe einige hereinlassen, die den breiten Rosenpfad zum ewigen Freudenfeuer wandeln. – Gleich, gleich! Ich bitt' euch, bedenkt doch, dass der Pförtner auch ein Mensch ist.

Macbeth II,3

Auf dem Friedhof

ERSTER TOTENGRÄBER

Soll die ein christlich Begräbnis erhalten, die vorsätzlich ihre eigne Seligkeit sucht?

ZWEITER TOTENGRÄBER

Ich sage dir, sie soll's, mach also flugs ihr Grab. Der Totenbeschauer hat über sie gesessen und christlich Begräbnis erkannt.

ERSTER TOTENGRÄBER

Wie kann das sein, wenn sie sich nicht defensionsweise ertränkt hat?

ZWEITER TOTENGRÄBER

Nun, es ist so befunden.

ERSTER TOTENGRÄBER

Es muss aber *se offendendo* geschehen, es kann nicht anders sein. Denn dies ist der Punkt: wenn ich mich wissentlich ertränke, so beweist es eine Handlung, und eine Handlung hat drei Stücke: sie besteht in

Handeln, Tun und Verrichten. Ergel, hat sie sich wissentlich ertränkt.

ZWEITER TOTENGRÄBER

Ei, hört doch, Gevatter Schaufler.

ERSTER TOTENGRÄBER

Erlaubt mir. Hier steht das Wasser: gut; hier steht der Mensch: gut. Wenn der Mensch zu diesem Wasser geht und sich selbst ertränkt, so bleibt's dabei, er mag wollen oder nicht, dass er hingeht. Merkt Euch das! Aber wenn das Wasser zu ihm kommt und ihn ertränkt, so ertränkt er sich nicht selbst. Ergel, wer an seinem eignen Tode nicht schuld ist, verkürzt sein eignes Leben nicht.

ZWEITER TOTENGRÄBER

Ist das rechtens?

ERSTER TOTENGRÄBER

Ei freilich, nach dem Totenbeschauerrecht.

ZWEITER TOTENGRÄBER

Wollt Ihr die Wahrheit wissen? Wenn's kein Fräulein gewesen wäre, so wäre sie auch nicht auf geweihtem Boden begraben.

ERSTER TOTENGRÄBER

Ja, da haben wir's. Und es ist doch ein Jammer, dass die großen Leute in dieser Welt mehr Aufmunterung haben, sich zu hängen und zu ersäufen, als ihre

Christenbrüder. Komm, den Spaten her! Es gibt keine so alten Edelleute als Gärtner, Grabenmacher und Totengräber: sie pflanzen Adams Profession fort.

ZWEITER TOTENGRÄBER

War der ein Edelmann?

ERSTER TOTENGRÄBER

Er war der erste, der je armiert war.

ZWEITER TOTENGRÄBER

Ei, was wollt' er!

ERSTER TOTENGRÄBER

Was? bist ein Heide? Wie legst du die Schrift aus? Die Schrift sagt: Adam grub. Konnte er ohne Arme graben? Ich will dir noch eine andre Frage vorlegen: wenn du mir nicht gehörig antwortest, so bekenne –

ZWEITER TOTENGRÄBER

Nur zu!

ERSTER TOTENGRÄBER

Wer baut fester als der Maurer, der Schiffsbaumeister oder der Zimmermann?

ZWEITER TOTENGRÄBER

Der Galgenmacher, denn sein Gebäude überlebt an die tausend Bewohner.

ERSTER TOTENGRÄBER

Dein Witz gefällt mir, meiner Treu. Der Galgen tut gut: aber wie tut er gut? Er tut gut an denen, die übel tun. Nun tust du übel zu sagen, dass der Galgen stärker gebaut ist als die Kirche, also würde der Galgen an dir gut tun. Noch mal dran! frisch!

ZWEITER TOTENGRÄBER

Wer stärker baut als ein Maurer, ein Schiffsbaumeister oder ein Zimmermann?

ERSTER TOTENGRÄBER

Ja, sag mir das, und du sollst Feierabend haben.

ZWEITER TOTENGRÄBER

Mein Seel, nun kann ich's sagen.

ERSTER TOTENGRÄBER

Frisch!

ZWEITER TOTENGRÄBER

Sapperment, ich kann's doch nicht sagen.

Hamlet und Horatio treten in einer Entfernung auf.

ERSTER TOTENGRÄBER

Zerbrich dir den Kopf nicht weiter darum, der dumme Esel geht doch nicht schneller, wie du ihn auch prügeln magst; und wenn dir jemand das nächste Mal die Frage tut, antworte: der Totengräber. Die Häuser, die er baut, währen bis zum Jüngsten Tage. Geh, mach dich ins Wirtshaus, und hole mir einen Schoppen Branntwein.

Zweiter Totengräber ab.

Er gräbt und singt.

In jungen Tagen ich lieben tät',
Das dünkte mir so süß.
Die Zeit zu verbringen, ach früh und spät,
Behagte mir nichts wie dies.

Hamlet V,1

Der Nilwurm

CLEOPATRA

Hast du den art'gen Nilwurm mitgebracht,
Der tötet ohne Schmerz?

BAUER

Ja freilich; aber ich möchte nicht der Mann sein, der's Euch riete, Euch mit ihm abzugeben, denn sein Beißen ist ganz unsterblich. Die, welche daran verscheiden, kommen selten oder nie wieder auf.

CLEOPATRA

Weißt du von einem, der daran gestorben?

BAUER

Sehr viele; Mannsleute und Frauensleute dazu. Ich hörte ganz kürzlich, noch gestern, von einer, einem recht braven Weib, nur etwas dem Lügen ergeben – und das sollte eine Frau nie sein, außer in redlicher Art und Weise –, die erzählte, wie sie an seinem Biss gestorben war, was sie für Schmerzen gefühlt. Mein

Seel, sie sagt viel Gutes von dem Wurm; aber wer den Leuten alles glauben will, was sie sagen, dem hilft nicht die Hälfte von dem, was sie tun. Das ist aber auf jeden Fall eine unvollständige Wahrheit. Der Wurm ist ein kurioser Wurm.

CLEOPATRA

Geh, mach dich fort, leb wohl!

BAUER

Ich wünsche Euch viel Zeitvertreib von dem Wurm.

CLEOPATRA

Leb wohl!

BAUER

Das müsst Ihr bedenken, seht Ihr, dass der Wurm nicht von der Art lässt.

CLEOPATRA

Ja, ja, leb wohl!

BAUER

Seht Ihr, dem Wurm ist nicht zu trauen, außer in gescheiter Leute Händen; denn, mein Seel, es steckt nichts Gutes in dem Wurm.

CLEOPATRA

Sei unbesorgt, wir woll'n ihn hüten!

BAUER

Recht schön, gebt ihm nichts, ich bitt' Euch, er ist sein Futter nicht wert.

CLEOPATRA

Wird er mich fressen?

BAUER

Denkt doch nicht, ich wäre so dumm, dass ich nicht wissen sollte, der Teufel selbst werde kein Weibsbild fressen. Ich weiß, ein Weibsbild ist ein Gericht für die Götter, wenn's der Teufel nicht zugerichtet hat. Aber, mein Seel, diese Hurensöhne von Teufeln machen den Göttern viel Verdruss mit den Weibern, denn von jedem Dutzend, das sie erschaffen, verderben ihnen die Teufel sechse.

CLEOPATRA

Nun geh nur, geh! leb wohl.

BAUER

Ja wahrhaftig, ich wünsche Euch viel Zeitvertreib mit dem Wurm.

Antonius und Cleopatra V,2

Das Geschäft der Mörder

ERSTER MÖRDER

Wer aber hieß dich zu uns stoßen?

DRITTER MÖRDER

Macbeth.

ZWEITER MÖRDER

Man braucht ihm nicht zu misstrau'n; denn er kennt
Unser Geschäft, das man uns aufgetragen,
Und weiß genau Bescheid.

ERSTER MÖRDER

So bleib bei uns.
Der West glimmt noch von schwachen Tagesstreifen:
Der Reiter spornt nun eil'ger durch die Dämmrung,
Zur Schenke noch zu kommen; und schon naht
Der, den wir hier erwarten.

DRITTER MÖRDER

Pferde! – Horcht!

BANQUO

hinter der Szene

Heda! bringt Licht.

ZWEITER MÖRDER

Er muss es sein; die andern,
Die noch erwartet wurden, sind schon alle
Im Schloss.

ERSTER MÖRDER

Die Pferde machen einen Umweg.

DRITTER MÖRDER

Fast eine Meile; und er geht gewöhnlich,
Wie jeder tut, von hier bis an das Schlosstor
Zu Fuß.

Banquo und Fleance treten auf,
ein Diener mit einer Fackel voran.

ZWEITER MÖRDER

Ein Licht!

DRITTER MÖRDER

Er ist es.

ERSTER MÖRDER

Macht euch dran!

BANQUO

's kommt Regen noch zur Nacht.

ERSTER MÖRDER

So mag er fallen!

Ersticht Banquo.

BANQUO

Weh mir! Verrat! Flieh, guter Fleance, flieh, flieh! –
Du kannst mein Rächer sein. – O Sklave! –

Banquo stirbt. Fleance und der Diener fliehen.

DRITTER MÖRDER

Wer schlug das Licht aus?

ERSTER MÖRDER

War's nicht wohlgetan?

DRITTER MÖRDER

Nur einer liegt; der Sohn entfloh.

ZWEITER MÖRDER

So ist
Die beste Hälfte unsrer Müh' verloren.

ERSTER MÖRDER

Gut, gehn wir denn und melden, was getan.

Macbeth III,3

Das Volk von Rom

CINNA

Mir träumte heut, dass ich mit Cäsarn schmauste,
Und Missgeschick füllt meine Phantasie.
Ich bin unlustig, aus dem Haus zu gehn,
Doch treibt es mich heraus.

Bürger kommen.

ERSTER BÜRGER

Wie ist Euer Name?

ZWEITER BÜRGER

Wo geht Ihr hin?

DRITTER BÜRGER

Wo wohnt Ihr?

VIERTER BÜRGER

Seid Ihr verheiratet oder ein Junggesell?

ZWEITER BÜRGER

Antwortet jedem unverzüglich.

ERSTER BÜRGER

Ja, und kürzlich.

VIERTER BÜRGER

Ja, und weislich.

DRITTER BÜRGER

Ja, und ehrlich, das raten wir Euch.

CINNA

Wie ist mein Name? Wohin gehe ich? Wo wohne ich? Bin ich verheiratet oder ein Junggesell? Also um jedem Manne unverzüglich und kürzlich, weislich und ehrlich zu antworten, sage ich weislich: ich bin ein Junggesell.

ZWEITER BÜRGER

Das heißt so viel: wer heiratet, ist ein Narr. Dafür denke ich Euch eins zu versetzen. – Weiter, unverzüglich!

CINNA

Unverzüglich gehe ich zu Cäsars Bestattung.

ERSTER BÜRGER

Als Freund oder Feind?

CINNA

Als Freund.

ZWEITER BÜRGER

Das war unverzüglich beantwortet.

VIERTER BÜRGER

Eure Wohnung, kürzlich!

CINNA

Kürzlich, ich wohne beim Kapitol.

DRITTER BÜRGER

Euer Name, Herr! ehrlich!

CINNA

Ehrlich, mein Name ist Cinna.

ERSTER BÜRGER

Reißt ihn in Stücke! Er ist ein Verschworner.

CINNA

Ich bin Cinna der Poet! Ich bin Cinna der Poet!

VIERTER BÜRGER

Zerreißt ihn für seine schlechten Verse! Zerreißt ihn für seine schlechten Verse!

CINNA

Ich bin nicht Cinna der Verschworne.

VIERTER BÜRGER

Es tut nichts: sein Name ist Cinna; reißt ihm den Namen aus dem Herzen und lasst ihn laufen.

DRITTER BÜRGER

Zerreißt ihn! zerreißt ihn! Kommt, Brände! Heda, Feuerbrände! Zum Brutus! zum Cassius! Steckt alles in Brand!

Julius Cäsar III,3

Die Polizei

HOLZAPFEL

Sind alle Verschwornen unsres Trübenaals beisammen?

SCHLEHWEIN

Oh, einen Stuhl und Kissen für den Herrn Schreiber.

SCHREIBER

Welches sind die Malefikanten?

HOLZAPFEL

Zum Henker, der bin ich und mein Gevatter.

SCHLEHWEIN

Das versteht sich. Wir haben die Introduktion, sie zu examimieren.

SCHREIBER

Aber wo sind die Verbrecher, die examiniert werden sollen? Lasst sie vor den Herrn Konstabel führen.

HOLZAPFEL

Ja, zum Henker, lasst sie vorführen. Wie ist sein Name, Freund?

BORACHIO

Borachio.

HOLZAPFEL

Seid so gut, schreibt's auf, Borachio. – Seiner, Musjeh? –

CONRAD

Ich bin ein Kavalier, Herr, und mein Name ist Conrad.

HOLZAPFEL

Schreibt auf, Meister Kavalier Conrad. Leute, sagt einmal, dient ihr Gott?

CONRAD und BORACHIO

Nun, das hoffen wir.

HOLZAPFEL

Schreibt's nieder: sie hoffen, sie dienen Gott, und schreibt Gott voran: denn Gott bewahre doch, dass Gott vor solchen Schelmen vorangehn sollte. Leute, es ist bereits erwiesen, dass ihr nicht viel besser seid als Spitzbuben, und man wird bald genug eine Ahndung davon kriegen. Was könnt ihr nun für euch anführen?

CONRAD

Ei nun, Herr, wir sagen, wir sind keine.

HOLZAPFEL

Ein verdammt witziger Bursch, das muss ich sagen; aber ich will schon mit ihm fertig werden. – Kommt einmal hier heran, Musjeh: ein Wort ins Ohr, Herr: ich sage ihm, man glaubt von euch, ihr seid zwei Spitzbuben.

BORACHIO

Herr, ich sage Euch, wir sind keine.

HOLZAPFEL

Tretet wieder auf die Seite. Bei Gott, sprechen sie nicht, als hätten sie sich miteinander verabredet! Habt Ihr's hingeschrieben, dass sie keine sind? –

SCHREIBER

Herr Konstabel, das ist nicht die Manier zu examinieren. Ihr müsst die Wache abhören, die sie verklagt hat.

HOLZAPFEL

Ja, zum Henker, das ist die vidimierte Heerstraße. Die Wache soll kommen.

Wache kommt.

Leute, ich befehle euch in des Prinzen Namen, verklagt mir einmal diese beiden Menschen.

ERSTE WACHE

Dieser Mann hier sagte, Herr, Don Juan, des Prinzen Bruder, sei ein Schurke. –

HOLZAPFEL

Schreibt hin – Don Juan ein Schurke. – Was! das ist ja klarer Meineid, des Prinzen Bruder einen Schurken zu nennen.

BORACHIO

Herr Konstabel [...] –

HOLZAPFEL

Stillgeschwiegen, Kerl, dein Gesicht gefällt mir gar nicht, muss ich dir gestehn.

SCHREIBER

Was hörtet ihr ihn sonst noch sagen?

ZWEITE WACHE

Ei nun, er sagte auch, er hätte tausend Dukaten vom Don Juan erhalten, um Fräulein Hero fälschlich anzuklagen.

HOLZAPFEL

Klare Brandmörderei, wenn jemals eine begangen ist.

SCHLEHWEIN

Ja, mein Seel, so ist es auch.

SCHREIBER

Was sonst noch, Mensch?

ERSTE WACHE

Und dass Graf Claudio nach seinen Reden sich vorgesetzt habe, Fräulein Hero vor der ganzen Versammlung zu beschimpfen und sie nicht zu heiraten.

HOLZAPFEL

O Spitzbube! Dafür wirst du noch ins ewige Jubiläum verdammt werden.

SCHREIBER

Was noch mehr?

ZWEITE WACHE

Das war alles.

SCHREIBER

Und das ist mehr, Leute, als ihr leugnen könnt.

Viel Lärmen um Nichts IV,2

Olivias Narr

I

NARR

singt

Komm herbei, komm herbei, Tod!
Und versenk in Zypressen den Leib.
Lass mich frei, lass mich frei, Not!
Mich erschlägt ein holdseliges Weib.
Mit Rosmarin mein Leichenhemd,
O bestellt es!
O Lieb' ans Herz mir tödlich kömmt,
Treu' hält es.

Keine Blum', keine Blum' süß
Sei gestreut auf den schwärzlichen Sarg.
Keine Seel', keine Seel' grüß'
Mein Gebein, wo die Erd' es verbarg.
Um Ach und Weh zu wenden ab,
Bergt alleine
Mich, wo kein Treuer wall' ans Grab,
Und weine.

HERZOG

Da hast du was für deine Mühe.

NARR

Keine Mühe, Herr; ich finde Vergnügen am Singen.

HERZOG

So will ich dein Vergnügen bezahlen.

NARR

Gut, Herr; das Vergnügen macht sich über kurz oder lang immer bezahlt.

HERZOG

Erlaube mir, dich zu beurlauben.

NARR

Nun, der schwermütige Gott beschirme dich, und der Schneider mache dir ein Wams von Schillertaft, denn dein Gemüt ist ein Opal, der in allen Farben spielt! Leute von solcher Beständigkeit sollte man auf die See schicken, damit sie alle Dinge treiben und nach allen Winden steuern müssten, denn wenn man nicht weiß, wo man hin will, so kommt man am weitesten. – Gehabt Euch wohl.

Was ihr wollt II,2

II

VIOLA

Gott grüß dich, Freund, und deine Musik. Stehst du dich gut bei deiner Trommel?

NARR

Nein, Herr, ich stehe mich gut bei der Kirche.

VIOLA

Bist du ein Kirchenvorsteher?

NARR

Das nicht, Herr, ich stehe mich gut bei der Kirche, denn ich stehe mich gut in meinem Hause, und mein Haus steht bei der Kirche.

VIOLA

So könntest du auch sagen, der König stände sich gut bei einer Bettlerin, wenn die Bettlerin bei ihm steht, oder die Kirche stände sich gut bei der Trommel, wenn die Trommel bei der Kirche steht.

NARR

Richtig, Herr. – Seht mir doch dies Zeitalter! Eine

William Kempe, Komiker und Tänzer
in Shakespeares Truppe
Aus: Nine Days' Wonder (1600)

Redensart ist nur ein lederner Handschuh für einen witzigen Kopf! wie geschwind kann man die verkehrte Seite herauswenden!

VIOLA

Ja, das ist gewiss; wer artig mit Worten tändelt, kann sie geschwind leichtfertig machen.

NARR

Darum wollte ich, man hätte meiner Schwester keinen Namen gegeben.

VIOLA

Warum, Freund?

NARR

Ei, Herr, ihr Name ist ein Wort, und das Tändeln mit dem Wort könnte meine Schwester leichtfertig machen. Aber wahrhaftig, Worte sind rechte Hundsfötter, seit Verschreibungen sie zuschanden gemacht haben.

VIOLA

Dein Grund?

NARR

Meiner Treu, Herr, ich kann Euch keinen ohne Worte angeben, und Worte sind so falsch geworden, dass ich keine Gründe darauf bauen mag.

VIOLA

Ich wette, du bist ein lustiger Bursch und kümmerst dich um nichts.

NARR

Nicht doch, Herr, ich bekümmere mich um etwas. Aber auf Ehre, ich kümmere mich nicht um Euch; wenn das heißt, sich um nichts kümmern, so wünschte ich, es möchte Euch unsichtbar machen.

VIOLA

Bist du nicht Fräulein Olivias Narr?

NARR

Keinesweges, Herr. Fräulein Olivia hat keine Narrheit; sie wird keinen Narren halten, bis sie verheiratet ist; und Narren verhalten sich zu Ehemännern wie Sardellen zu Heringen: der Ehemann ist der größte von beiden. Ich bin eigentlich nicht ihr Narr, sondern ihr Wortverdreher.

VIOLA

Ich sah dich neulich beim Grafen Orsino.

NARR

Narrheit, Herr, geht rund um die Welt; sie scheint allenthalben. Es täte mir leid, wenn der Narr nicht so oft bei Euerm Herrn als bei meinem Fräulein wäre. Mich deucht, ich sah Eure Weisheit daselbst.

VIOLA

Wenn du mich zum besten haben willst, so habe ich nichts mehr mit dir zu schaffen. Nimm, da hast du was zu deiner Ergötzlichkeit.

NARR

Nun, möge dir Jupiter das nächste Mal, dass er Haare übrig hat, einen Bart zukommen lassen.

VIOLA

Wahrhaftig, ich sage dir, ich verschmachte fast nach

einem, ob ich gleich nicht wollte, dass er auf meinem Kinne wüchse. Ist dein Fräulein zu Hause?

NARR

auf das Geld zeigend

Sollte nicht ein Paar von diesen jungen?

VIOLA

Ja, wenn man sie zusammenhielte und gehörig wirtschaften ließe.

NARR

Ich wollte wohl den Herrn Pandarus von Phrygien spielen, um diesem Troilus eine Cressida zuzuführen.

VIOLA

Ich verstehe Euch: Ihr bettelt gut.

NARR

Ich denke, es ist keine große Sache, da ich nur um eine Bettlerin bettle. Cressida war eine Bettlerin. Mein Fräulein ist zu Haus, Herr. Ich will ihr bedeuten, woher Ihr kommt; wer Ihr seid, und was Ihr wollt, das liegt außer meiner Sphäre; ich könnte sagen: Horizont, aber das Wort ist zu abgenutzt.

Ab.

VIOLA

Der Bursch ist klug genug, den Narr'n zu spielen,
Und das geschickt tun, fordert ein'gen Witz.
Die Laune derer, über die er scherzt,

Die Zeiten und Personen muss er kennen
Und wie der Falk auf jede Feder schießen,
Die ihm vors Auge kommt. Dies ist ein Handwerk
So voll von Arbeit als des Weisen Kunst.
Denn Torheit, weislich angebracht, ist Witz;
Doch wozu ist des Weisen Torheit nütz?

Was ihr wollt III,1

König Lears Narr

I

NARR

Der dir's geraten, Lear,
Dein Land zu geben hin,
Den stell hierher zu mir,
Oder stehe du für ihn.
Der süß' und bittre Narr
Zeigt sich dir nun sofort,
Der ein' im scheck'gen Wams,
Den andern siehst du dort.

LEAR

Nennst du mich Narr, Junge?

NARR

Alle deine andern Titel hast du weggeschenkt, mit diesem bist du geboren.

König Lear I,4

II

NARR

Wahrheit ist ein Hund, der ins Loch muss und hinausgepeitscht wird, während Madame Schoßhündin am Feuer stehen und stinken darf.

König Lear 1,4

III

LEAR

Ich will meine Natur vergessen. Solch güt'ger Vater! Sind meine Pferde bereit?

NARR

Deine Esel sind nach ihnen gegangen. Der Grund, warum die sieben Sterne nicht mehr sind als sieben, ist ein hübscher Grund.

LEAR

Weil's nicht acht sind.

NARR

Ja, wahrhaftig, du würdest einen guten Narren abgeben.

LEAR

Mit Gewalt muss ich's wiedernehmen. Scheusal Undankbarkeit!

NARR

Wenn du mein Narr wärst, Gevatter, so bekämst du Schläge, weil du vor der Zeit alt geworden bist.

LEAR

Was soll's?

NARR

Du hättst nicht alt werden sollen, eh' du klug geworden wärst.

König Lear 1,5

IV

NARR

Wir wollen dich zur Ameise in die Schule schicken, um dich zu lehren, dass es im Winter keine Arbeit gibt. Alle, die ihrer Nase folgen, werden durch ihre Augen geführt, bis auf die Blinden; und gewiss ist unter zwanzigen nicht *eine* Nase, die den nicht röche, der stinkt. Lass ja die Hand davon, wenn ein großes Rad den Hügel hinabrollt, damit dir's nicht den Hals breche, wenn du ihm folgst; wenn aber das große Rad den Hügel hinaufgeht, dann lass dich's nachziehn. Wenn dir ein Weiser einen besseren Rat gibt, so gib mir meinen zurück; ich möchte nicht, dass andere als Schelme ihm folgten, da ein Narr ihn gibt.

Herr, wer Euch dient für Gut und Geld
Und nur gehorcht zum Schein,
Packt ein, sobald ein Regen fällt,
Lässt Euch im Sturm allein.
Doch ich bin treu; der Narr verweilt,
Lässt fliehn der Weisen Schar,

Der Schelm wird Narr, der weiter eilt,
Der Narr kein Schelm fürwahr.

König Lear II,4

V

NARR

Das ist 'ne hübsche Nacht, um eine Buhlerin abzukühlen. Ich will eine Prophezeiung sprechen, eh' ich gehe:

Wenn Priester Worte, nicht Werke häufen,
Wenn Brauer in Wasser ihr Malz ersäufen,
Wenn der Schneider den Junker Lehrer nennt,
Kein Ketzer mehr, nur der Buhler brennt,
Wenn Richter ohne Falsch und Tadel,
Wenn ohne Schulden Hof und Adel,
Wenn Lästrung nicht auf Zungen wohnt,
Der Gauner des Nächsten Beutel schont,
Wenn die Wuchrer ihr Gold im Felde beschau'n
Und Huren und Kuppler Kirchen bau'n,
Dann kommt das Reich von Albion
In große Verwirrung und Konfusion,
Dann kommt die Zeit, wer lebt, wird's sehn,
Dass man die Füße hat zum Gehn.

Diese Prophezeiung wird Merlin machen, denn ich lebe vor seiner Zeit.

König Lear III,3

IV

Geschichten erzählen

Was Neues

GRUMIO

Nun also mach Feuer!

CURTIS

Alles fertig, und darum bitt' ich dich, was Neues.

GRUMIO

Erstlich wisse, dass mein Pferd müde ist; dass mein Herr und meine Frau übereinander hergefallen sind [...]

CURTIS

Wie? handgreiflich? –

GRUMIO

Aus ihrem Sattel in den Kot, übereinander; und davon ließe sich eine Geschichte erzählen.

CURTIS

Nun lass hören, liebster Grumio.

GRUMIO

Dein Ohr her! –

CURTIS

Ja!

GRUMIO

Da!

Gibt ihm eine Ohrfeige.

CURTIS

Das heißt eine Geschichte fühlen, nicht eine Geschichte hören.

GRUMIO

Und darum nennt man's eine gefühlvolle Geschichte: und dieser Schlag sollte nur an dein Ohr anklopfen und sich Gehör ausbitten. Nun fang' ich an. In primis, wir kamen einen schmutzigen Berg herab, mein Herr ritt hinter meiner gnädigen Frau. –

CURTIS

Beide auf einem Pferde?

GRUMIO

Was denkst du dir dabei?

CURTIS

Ei, ein Pferd.

GRUMIO

Erzähle *du* die Geschichte. Aber wärst du mir nicht dazwischengekommen, so hättest du gehört, wie ihr Pferd fiel, und sie unter ihr Pferd! du hättest gehört, an welcher schmutzigen Stelle und wie durchnässt sie war; wie er sie liegen ließ mit dem Pferde auf ihr; wie er mich prügelte, weil ihr Pferd gestolpert war; wie sie durch den Kot watete, um ihn von mir wegzureißen; wie er fluchte, wie sie betete, sie, die noch nimmermehr gebetet hatte; wie ich heulte, wie die Pferde davonliefen, wie ihr Zügel zerriss, wie ich meinen Schwanzriemen verlor, nebst vielen andern denkwürdigen Historien, welche nun in Vergessenheit sterben, und du kehrst ohne Weltkenntnis in dein Grab zurück.

Der Widerspenstigen Zähmung IV,1

Römische Parabel

MENENIUS

Einstmals geschah's, dass alle Leibesglieder,
Dem Bauch rebellisch, also ihn verklagten,
Dass er allein nur wie ein Schlund verharre
In Leibes Mitte, arbeitslos und müßig,
Die Speisen stets verschlingend, niemals tätig,
So wie die andern all. Wo jene Kräfte
Säh'n, hörten, sprächen, dächten, gingen, fühlten
Und, wechselseitig unterstützt, dem Willen
Und allgemeinen Wohl und Nutzen dienten
Des ganzen Leibs. Der Bauch erwiderte –

ERSTER BÜRGER

Gut, Herr, was hat der Bauch denn nun erwidert?

MENENIUS

Ich sag' es gleich. – Mit einer Art von Lächeln,
Das nicht von Herzen ging, nur gleichsam so
(Denn seht, ich kann den Bauch ja lächeln lassen
So gut als sprechen) gab er höhnisch Antwort
Den missvergnügten Gliedern, die rebellisch
Die Einkünft' ihm nicht gönnten. Ganz so passend
Wie ihr auf unsre Senatoren scheltet,
Weil sie nicht sind wie ihr.

ERSTER BÜRGER

Des Bauches Antwort? Wie!
Das fürstlich hohe Haupt – das wache Auge;
Das Herz – der kluge Rat; der Arm – der Krieger;
Das Bein – das Ross; die Zunge – der Trompeter;
Nebst andern Ämtern noch und kleinern Hilfen
In diesem unserm Bau, wenn sie –

MENENIUS

Was denn,
Mein Treu! der Mensch da schwatzt! Was denn? was denn?

ERSTER BÜRGER

So würden eingezwängt vom Fresser Bauch,
Der nur des Leibes Abfluss –

MENENIUS

Gut, was denn?

ERSTER BÜRGER

Die andern Kräfte, wenn sie nun so klagten,
Der Bauch, was könnt' er sagen?

MENENIUS

Ihr sollt's hören.
Schenkt ihr ein bisschen, was ihr wenig habt,
Geduld, so sag' ich euch des Bauches Antwort.

ERSTER BÜRGER

Ihr macht es lang.

MENENIUS

Jetzt passt wohl auf, mein Freund!
Eu'r höchst verständ'ger Bauch, er war bedächtig,
Nicht rasch, gleich den Beschuld'gern, und sprach so:
»Wahr ist's, ihr einverleibten Freunde«, sagt' er,
»Zuerst nehm' ich die ganze Nahrung auf,
Von der ihr alle lebt; und das ist recht,
Weil ich das Vorratshaus, die Werkstatt bin
Des ganzen Körpers. Doch bedenkt es wohl;
Durch eures Blutes Ströme send' ich sie
Bis an den Hof, das Herz – den Thron, das Hirn,
Und durch des Körpers Gäng' und Windungen
Empfängt der stärkste Nerv, die feinste Ader
Von mir den angemessnen Unterhalt,
Wovon sie leben. Und obwohl ihr alle,
Ihr guten Freund«, habt acht, dies sagt der
Bauch –

ERSTER BÜRGER

Gut. Weiter.

MENENIUS

»Seht ihr auch nicht all' auf eins,
Was jeder einzelne von mir empfängt,
Doch kann ich Rechnung legen, dass ich allen
Das feinste Mehl von allem wiedergebe,
Und nur die Klei' mir bleibt.« Wie meint ihr nun?

ERSTER BÜRGER

Das war 'ne Antwort. Doch wie passt das hier?

MENENIUS

Roms Senatoren sind der gute Bauch,
Ihr die empörten Glieder; denn erwägt
Ihr Müh'n, ihr Sorgen. Wohl bedenkt, was alles
Des Staates Vorteil heischt, so seht ihr ein:
Kein allgemeines Gut, was ihr empfangt,
Das nicht entsprang und kam zu euch von ihnen –
Durchaus nicht von euch selbst. Was denkt ihr nun?
Du, große Zeh, in dieser Ratsversammlung.

ERSTER BÜRGER

Ich die große Zehe? Warum die große Zehe?

MENENIUS

Weil du, der Niedrigst', Ärmst', Erbärmlichste
Von dieser weisen Rebellion, vorantrittst.
Du Schwächling ohne Kraft und Ansehn läufst
Voran und führst, dir Vorteil zu erjagen.

Doch schwenkt nur eure Stäb' und dürren Knüttel,
Rom und sein Rattenvolk zieht aus zur Schlacht,
Der eine Teil muss tot sich fressen.

Coriolanus I,1

Die Bienenfabel

ERZBISCHOF VON CANTERBURY

Sehr wahr: drum teilt der Himmel
Des Menschen Stand in mancherlei Beruf
Und setzt Bestrebung in beständ'gen Gang,
Dem, als zum Ziel, Gehorsam ist gestellt.
So tun die Honigbienen, Kreaturen,
Die durch die Regel der Natur uns lehren,
Zur Ordnung fügen ein bevölkert Reich.
Sie haben einen König und Beamte
Von unterschiednem Rang, wovon die einen,
Wie Obrigkeiten, Zucht zu Hause halten,
Wie Kaufleut' andre auswärts Handel treiben,
Noch andre wie Soldaten, mit den Stacheln
Bewehrt, die samtnen Sommerknospen plündern
Und dann den Raub mit lust'gem Marsch nach Haus
Zum Hauptgezelte ihres Kaisers bringen;
Der, emsig in der Majestät, beachtet,
Wie Maurer singend goldne Dächer bau'n;
Die stillen Bürger ihren Honig kneten;

Wie sich die armen Tagelöhner drängen
Mit schweren Bürden an dem engen Tor;
Wie, mürrisch summend, der gestrenge Richter
Die gähnende und faule Drohne liefert
In bleicher Henker Hand. Ich folgre dies:
Dass viele Dinge, die zusammenstimmen
Zur Harmonie, verschieden wirken können,
Wie viele Pfeile da und dorther fliegen
Zu *einem* Ziel;
Wie viel verschiedne Weg' in *eine* Stadt,
Wie viele frische Ström' in *einen* See,
Wie viele Linien in den Mittelpunkt
An einer Sonnenuhr zusammenlaufen:
So, erst im Gang, kann tausendfaches Wirken
Zu *einem* Zweck gedeih'n, wohl durchgeführt
Und ohne Mangel. Drum nach Frankreich, Herr!
Teilt Euer glücklich England in vier Teile:
Ein Viertel nehmt davon nach Frankreich hin,
Ihr könnt damit ganz Gallien zittern machen.
Wenn wir mit dreimal so viel Macht zu Haus
Die eigne Tür dem Hund nicht wehren können,
So lasst uns zausen, und dies Volk verliere
Den Ruhm der Tapferkeit und Politik.

König Heinrich V. 1,2

CASSIUS

Ich weiß es nicht, wie Ihr und andre Menschen
Von diesem Leben denkt; mir, für mich selbst,
Wär' es so lieb, nicht dasein, als zu leben
In Furcht vor einem Wesen wie ich selbst.
Ich kam wie Cäsar frei zur Welt, so Ihr;
Wir nährten uns so gut, wir können beide
So gut wie er des Winters Frost ertragen.
Denn einst, an einem rauhen, stürm'schen Tage,
Als wild die Tiber an ihr Ufer tobte,
Sprach Cäsar zu mir: »Wagst du, Cassius, nun
Mit mir zu springen in die zorn'ge Flut,
Und bis dorthin zu schwimmen?« – Auf dies Wort,
Bekleidet, wie ich war, stürzt' ich hinein
Und hieß ihn folgen; wirklich tat er's auch.
Der Strom brüllt' auf uns ein; wir schlugen ihn
Mit wackern Sehnen, warfen ihn beiseit'
Und hemmten ihn mit einer Brust des Trotzes.
Doch eh' wir das gewählte Ziel erreicht,
Rief Cäsar: »Hilf mir, Cassius! ich sinke.«
Ich, wie Äneas, unser großer Ahn,
Aus Trojas Flammen einst auf seinen Schultern
Den alten Vater trug, so aus den Wellen
Zog ich den müden Cäsar. – Und *der* Mann
Ist nun zum Gott erhöht, und Cassius ist
Ein arm Geschöpf und muss den Rücken beugen,

Nickt Cäsar nur nachlässig gegen ihn.
Als er in Spanien war, hatt' er ein Fieber,
Und wenn der Schau'r ihn ankam, merkt' ich wohl
Sein Beben: ja, er bebte, dieser Gott!
Das feige Blut der Lippen nahm die Flucht,
Sein Auge, dessen Blick die Welt bedräut,
Verlor den Glanz, und ächzen hört' ich ihn.
Ja, dieser Mund, der horchen hieß die Römer
Und in ihr Buch einzeichnen seine Reden,
Ach, rief: »Titinius! gib mir zu trinken!«
Wie'n krankes Mädchen. Götter! ich erstaune,
Wie nur ein Mann so schwächlicher Natur
Der stolzen Welt den Vorsprung abgewann
Und nahm die Palm' allein.

Julius Cäsar 1,2

Ein Spuk

DROLL

Herr, meine Fürstin liebt ein Ungeheuer.
Sie lag in Schlaf versunken auf dem Moos,
In ihrer heil'gen Laube dunklem Schoß,
Als eine Schar von lump'gen Handwerksleuten,
Die mühsam kaum ihr täglich Brot erbeuten,
Zusammenkommt und hier ein Stück probiert,
So sie auf Theseus' Hochzeittag studiert.

»Titanias Erwachen«
Ölgemälde von Johann Heinrich Füssli (1793/94)

Der ungesalzenste von den Gesellen,
Den Pyramus berufen vorzustellen,
Tritt von der Bühn' und wartet im Gesträuch;
Ich nutze diesen Augenblick sogleich,
Mit einem Eselskopf ihn zu begaben.
Nicht lange drauf muss Thisbe Antwort haben;
Mein Affe tritt heraus; kaum sehen ihn
Die Freund', als sie wie wilde Gänse fliehn,
Wenn sie des Jägers leisen Tritt erlauschen;
Wie graue Krähen, deren Schwarm mit Rauschen
Und Krächzen auffliegt, wenn ein Schuss geschieht,
Und wild am Himmel da- und dorthin zieht.
Vor meinem Spuk rollt *der* sich auf der Erde,
Der schreiet Mord! mit kläglicher Gebärde;
Das Schrecken, das sie sinnlos machte, lieh
Sinnlosen Dingen Waffen gegen sie.
An Dorn und Busch bleibt Hut und Ärmel stecken;
Sie fliehn hindurch, berupft an allen Ecken.
In solcher Angst trieb ich sie weiter fort,
Nur Schätzchen Pyramus verharret dort.
Gleich musste nun Titania erwachen
Und aus dem Langohr ihren Liebling machen.

Ein Sommernachtstraum III,2

DER ALTE SCHÄFER

Ich wollte, es gäbe gar kein Alter zwischen zehn und dreiundzwanzig, oder die jungen Leute verschliefen die ganze Zeit: denn dazwischen ist nichts, als den Dirnen Kinder schaffen, die Alten ärgern, stehlen, balgen. – Hört nur! – Wer anders als solche Brauseköpfe zwischen neunzehn und zweiundzwanzig würden wohl in dem Wetter jagen? Sie haben mir zwei von meinen besten Schafen weggescheucht, und ich fürchte, die wird der Wolf eher wiederfinden als der Herr; sind sie irgendwo, so ist es nach der Küste hin, wo sie den Efeu abweiden. Gutes Glück, so es dein Wille ist – aber was haben wir hier? *(Er findet das Kind.)* Gott sei uns gnädig, ein Kind, ein sehr hübsches Kind! Ob es wohl ein Bube oder ein Mädel ist? Ein hübsches, ein sehr hübsches Ding, gewiss so ein heimlich Stück; wenn ich auch kein Studierter bin, so kann ich doch so ein Kammerjungferstückchen herauslesen. Das ist so eine Treppenarbeit, so eine Schrankarbeit, so hinter der Tür gearbeitet; sie waren wärmer, die dies zeugten, als das arme Ding hier ist. Ich will es aus Mitleid aufnehmen, doch will ich warten, bis mein Sohn kommt, er schrie noch eben dort. Holla ho!

Der junge Schäfer kommt.

DER JUNGE SCHÄFER

Holla ho!

DER ALTE SCHÄFER

Was, bist so nah? Wenn du was sehen willst, wovon man noch reden wird, wenn du tot und verfault bist, komm hieher. Was fehlt dir, Bengel?

DER JUNGE SCHÄFER

Ich habe zwei solche Gesichte gesehen, zur See und zu Lande – aber ich kann nicht sagen See, denn es ist nur Himmel, und man kann dazwischen keine Nadelspitze stecken.

DER ALTE SCHÄFER

Nun, Junge, was ist es denn?

DER JUNGE SCHÄFER

Ich wollte, Ihr könntet sehen, wie es schäumt, wie es wütet, wie es das Ufer heraufkommt! aber das ist noch nicht das Rechte: oh, das höchst klägliche Geschrei der armen Seelen! bald sie zu sehen, bald nicht zu sehen: nun das Schiff mit seinem Hauptmast den Mond anbohren, und gleich jetzt verschlungen von Gischt und Schaum, als wenn man einen Stöpsel in ein Oxhoft würfe. Und dann die Landgeschichte – zu sehn, wie ihm der Bär das Schulterblatt ausriss, wie er zu mir um Hülfe schrie und sagte, er heiße Antigonus, ein Edelmann. – Aber mit dem Schiff zu Ende zu kommen – zu sehen, wie die See es einschluckte –

aber erst, wie die armen Seelen brüllten und die See sie verhöhnte – und wie der arme Herr brüllte und der Bär ihn verhöhnte und sie beide lauter brüllten als See und Sturm.

DER ALTE SCHÄFER

Um Gottes willen, wann war das, Junge?

DER JUNGE SCHÄFER

Jetzt, jetzt; ich habe nicht mit den Augen geblinkt, seit ich diese Gesichte sah, die Menschen sind noch nicht kalt unter dem Wasser, noch der Bär halb satt von dem Herrn, er ist noch dabei.

DER ALTE SCHÄFER

Ich wollte, ich wäre dagewesen, um dem alten Mann zu helfen!

DER JUNGE SCHÄFER

Ich wollte, Ihr wäret neben dem Schiff gewesen, um da zu helfen, da hätte Euer Mitleid keinen Grund und Boden gefunden.

DER ALTE SCHÄFER

Schlimme Geschichten! schlimme Geschichten! aber sieh hier, Junge. Nun sperr die Augen auf, du kommst, wo's zum Tode geht, ich, wo was Neugebornes ist. Hier ist ein anderes Gesicht für dich; sieh doch, ein Taufkleid, wie für eines Edelmanns Kind! Schau her, nimm auf, nimm auf, Junge; bind es auf. So, lass sehn; es wurde mir prophezeit, ich sollte reich werden durch die Feen; das ist ein Wechselkind: – bind es auf: was ist darin, Junge?

DER JUNGE SCHÄFER

Ihr seid ein gemachter alter Mann; wenn die Sünden Eurer Jugend Euch vergeben sind, so werdet Ihr gute Tage haben. Gold! lauter Gold!

DER ALTE SCHÄFER

Das ist Feengold, Junge, und das wird sich zeigen: fort damit, halt es fest; nach Hause, nach Hause, auf dem nächsten Weg. Wir sind glücklich, Junge, und um es immer zu bleiben, ist nichts nötig als Verschwiegenheit. Lass die Schafe nur laufen. – Komm, guter Junge, den nächsten Weg zu Hause.

DER JUNGE SCHÄFER

Geht Ihr mit Eurem Fund den nächsten Weg, ich will nachsehen, ob der Bär von dem Herrn weggegangen ist, und wieviel er gefressen hat; sie sind nur schlimm, wenn sie hungrig sind; wenn noch etwas von ihm übrig ist, so will ich's begraben.

DER ALTE SCHÄFER

Das ist eine gute Tat; wenn du an dem, was von ihm übriggeblieben ist, unterscheiden kannst, was er ist, so hole mich, es auch zu sehn.

DER JUNGE SCHÄFER

Schon gut, das will ich, und Ihr sollt helfen, ihn unter die Erde bringen.

DER ALTE SCHÄFER

Das ist ein Glückstag, Junge, an dem wollen wir auch Gutes tun.

Das Wintermärchen III,3

Othellos Love-Story

OTHELLO

Ihr Vater liebte mich, lud oft mich ein,
Erforschte meines Lebens Lauf von Jahr
Zu Jahr: die Schlachten, Stürme, Schicksalswechsel,
So ich bestand.
Ich ging es durch, vom Knabenalter her,
Bis auf den Augenblick, wo er gefragt.
So sprach ich denn von manchem harten Fall,
Von schreckender Gefahr zu See und Land;
Wie ich ums Haar dem droh'nden Tod entrann;
Wie mich der stolze Feind gefangen nahm
Und mich als Sklav' verkauft; wie ich erlöst,
Und meiner Reisen wundervolle Fahrt:
Wobei von weiten Höhlen, wüsten Steppen,
Steinbrüchen, Felsen, himmelhohen Bergen
Zu melden war im Fortgang der Geschichte;
Von Kannibalen, die einander schlachten,
Anthropophagen, Völkern, deren Kopf
Wächst unter ihrer Schulter: das zu hören
War Desdemona eifrig stets geneigt.

Oft aber rief ein Hausgeschäft sie ab;
Und immer, wenn sie eilig dies vollbracht,
Gleich kam sie wieder, und mit durst'gem Ohr
Verschlang sie meine Rede. Dies bemerkend,
Ersah ich einst die günst'ge Stund' und gab
Ihr Anlass, dass sie mich recht herzlich bat,
Die ganze Pilgerschaft ihr zu erzählen,
Von der sie stückweis' einzelnes gehört,
Doch nicht in strenger Folge. Ich begann,
Und oftmals hatt' ich Tränen ihr entlockt,
Wenn ich ein leidvoll Abenteu'r berichtet
Aus meiner Jugend. Als ich nun geendigt,
Gab sie zum Lohn mir eine Welt von Seufzern:
Sie schwur – in Wahrheit, seltsam! Wunderseltsam!
Und rührend war's! unendlich rührend war's! –
Sie wünschte, dass sie's nicht gehört; doch wünschte sie,
Der Himmel habe sie als solchen Mann
Geschaffen, und sie dankte mir und bat mich,
Wenn je ein Freund von mir sie lieben sollte,
Ich mög' ihm die Geschicht' erzählen lehren,
Das würde sie gewinnen. Auf den Wink
Erklärt' ich mich.
Sie liebte mich, weil ich Gefahr bestand;
Ich liebte sie um ihres Mitleids willen:
Das ist der ganze Zauber, den ich brauchte;
Hier kommt das Fräulein, lasst sie dies bezeugen.

Othello 1,3

ENOBARBUS

Als sie den Marc Anton das erste Mal sah, stahl sie ihm sein Herz; es war auf dem Flusse Cydnus.

AGRIPPA

Dort zeigte sie sich ihm in der Tat, oder mein Berichterstatter hat viel für sie erfunden.

ENOBARBUS

Ich will's berichten. –
Die Bark, in der sie saß, ein Feuerthron,
Brannt' auf dem Strom. Getriebnes Gold der Spiegel,
Die Purpursegel duftend, dass der Wind
Entzückt nachzog; die Ruder waren Silber,
Die nach der Flöten Ton Takt hielten, dass
Das Wasser, wie sie's trafen, schneller strömte,
Verliebt in ihren Schlag; doch sie nun selbst,
Zum Bettler wird die Schildrung, sie lag da,
In ihrem Zelt, das ganz aus Gold gewirkt,
Noch farbenstrahlender als jene Venus,
Wo die Natur der Malerei erliegt.
Zu beiden Seiten ihr' holdsel'ge Knaben,
Mit Wangengrübchen, wie Kupido lächelnd,
Mit bunten Fächern, deren Wehn durchglühte,
So schien's, die zarten Wangen, die sie kühlten,
Anzündend, statt zu löschen.

AGRIPPA

Ihm, welch Schauspiel!

ENOBARBUS

Die Dienerinnen, wie die Nereiden,
Spannten, Sirenen gleich, nach ihr die Blicke,
Und Schmuck ward jede Beugung. Eine Meerfrau
Lenkte das Steuer. Seidnes Tauwerk schwoll
Dem Druck so blumenreicher Händ' entgegen,
Die frisch den Dienst versahn. Der Bark' entströmend,
Betäubt' ein würz'ger Wohlgeruch die Sinne
Der nahen Uferdämme; sie zu sehn
Ergießt die Stadt ihr Volk; und Marc Anton,
Hochthronend auf dem Marktplatz, saß allein
Und pfiff der Luft, die, wäre Leere möglich,
Sich auch davon gemacht, Cleopatra zu schaun,
Und hätt' ein Loch in die Natur gerissen.

AGRIPPA

O wundervolles Weib!

ENOBARBUS

Als sie gelandet, bat Antonius sie
Zur Abendmahlzeit. Sie erwiderte,
Ihr sei willkommner, ihn als Gast zu sehn,
Und lud ihn. Unser höflicher Anton,
Der keiner Frau noch jemals nein gesagt,
Zehnmal recht schmuck barbiert, geht zu dem Fest,
Und dort muss nun sein Herz die Zeche zahlen,
Wo nur sein Auge zehrte.

AGRIPPA

Zauberin!
Sie ließ des großen Cäsars Schwert zu Bett gehn,
Er pflügte sie, sie erntete.

Antonius und Cleopatra II,2

Die Klippen von Dover

EDGAR

Kommt, Herr, hier ist der Ort. Steht still! wie grau'nvoll
Und schwindelnd ist's, so tief hinabzuschau'n!
Die Kräh'n und Dohlen, die in halber Höhe flattern,
Sehn kaum wie Käfer aus – halbwegs hinab
Hängt einer, Fenchel sammelnd, schrecklich Handwerk!
Mich dünkt, er scheint nicht größer als sein Kopf.
Die Fischer, die am Strand entlanggehn,
Sind Mäusen gleich; das hohe Schiff am Anker
Verjüngt zu seinem Boot; das Boot zum Tönnchen,
Beinah zu klein dem Blick; die dumpfe Brandung,
Die murmelnd auf zahllosen Kieseln tobt,
Schallt nicht bis hier. – Ich will nicht mehr hinabsehn,
Dass nicht mein Hirn sich dreht, mein wirrer Blick
Mich taumelnd stürzt hinab.

König Lear IV,6

Ein Mord

TYRREL

Geschehn ist die tyrannisch blut'ge Tat,
Der ärgste Greuel jämmerlichen Mords,
Den jemals noch dies Land verschuldet hat.
Dighton und Forrest, die ich angestellt
Zu diesem Streich ruchloser Schlachterei,
Zwar eingefleischte Schurken, blut'ge Hunde,
Vor Zärtlichkeit und mildem Mitleid schmelzend,
Weinten wie Kinder bei der Trau'rgeschichte.
»O so«, sprach Dighton, »lag das zarte Paar«;
»So, so«, sprach Forrest, »sich einander gürtend
Mit den unschuld'gen Alabasterarmen:
Vier Rosen *eines* Stengels ihre Lippen,
Die sich in ihrer Sommerschönheit küssten.
Und ein Gebetbuch lag auf ihrem Kissen,
Das wandte fast«, sprach Forrest, »meinen Sinn;
Doch oh! der Teufel« – dabei stockt' der Bube,
Und Dighton fuhr so fort: »Wir würgten hin
Das völligst süße Werk, so die Natur
Seit Anbeginn der Schöpfung je gebildet.« –
Drauf gingen beide voll Gewissensbisse,
Die sie nicht sagen konnten, und ich ließ sie,
Dem blut'gen König den Bericht zu bringen.

Richard tritt auf.

Hier kommt er eben. – Heil, mein hoher Herr!

König Richard III. IV,3

Illustration zu *König Richard III.*, 4. Akt, 2. Szene
Stich von Francis Legat (1790)
nach einem Gemälde von James Northcote

Fallstaffs Tod

FRAU HURTIG

Nein, gewiss, er ist nicht in der Hölle; er ist in Arthurs Schoß, wenn jemals einer in Arthurs Schoß gekommen ist. Er nahm ein so schönes Ende und schied von hinnen, als wenn er ein Kind im Westerhemdchen gewesen wäre. Just zwischen zwölf und eins fuhr er ab, grade wie es zwischen Flut und Ebbe stand; denn wie ich ihn die Bettlaken zerknüllen sah und mit Blumen spielen und seine Fingerspitzen anlächeln, da wusste ich, dass ihm der Weg gewiesen wäre; denn seine Nase war so spitz wie eine Schreibfeder, und er faselte von grünen Feldern. »Nun, Sir John?« sagte ich; »ei Mann, seid gutes Muts!« Damit rief er aus: »Gott! Gott! Gott!« ein Stücker drei oder vier Mal. Ich sagte, um ihn zu trösten, er möchte nicht an Gott denken, ich hoffte, es täte ihm noch nicht not, sich mit solchen Gedanken zu plagen. Damit bat er mich, ihm mehr Decken auf die Füße zu legen. Ich steckte meine Hand in das Bett und befühlte sie, und sie waren so kalt wie ein Stein; darauf befühlte ich seine Knie, und so immer weiter und weiter hinauf, und alles war so kalt wie ein Stein.

König Heinrich V. II,3

PROLOG

Wenn wir missfallen tun, so ist's mit gutem Willen;
Der Vorsatz bleibt doch gut, wenn wir ihn nicht
erfüllen.
Zu zeigen unsre Pflicht durch dieses kurze Spiel,
Das ist der wahre Zweck von unserm End' und Ziel.
Erwäget also denn, warum wir kommen sein:
Wir kommen nicht, als soll't Ihr Euch daran ergetzen;
Die wahre Absicht ist – zu Eurer Lust allein
Sind wir nicht hier –, dass wir in Reu' und Leid
Euch setzen.
Die Spieler sind bereit; wenn Ihr sie werdet sehen,
Versteht Ihr alles schon, was Ihr nur wollt verstehen.

[…]

Pyramus, Thisbe, Wand, Mondschein und Löwe treten als stumme Personen auf.

Was dies bedeuten soll, das wird Euch wundern
müssen,
Bis Wahrheit alle Ding' stellt an das Licht herfür.
Der Mann ist Pyramus, wofern Ihr es wollt wissen;
Und dieses Fräulein schön, ist Thisbe, glaubt es mir.
Der Mann mit Mörtel hier und Leimen soll
bedeuten
Die Wand, die garst'ge Wand, die ihre Lieb' tät
scheiden.

Doch freut es sie, drob auch sich niemand wundern soll,
Wenn durch die Spalte klein sie konnten flüstern wohl.
Der Mann da mit Latern' und Hund und Busch von Dorn
Den Mondschein präsentiert; denn, wann Ihr's wollt erwägen:
Bei Mondschein hatten die Verliebten sich verschwor'n,
Zu gehn nach Nini Grab, um dort der Lieb' zu pflegen.
Dies grässlich wilde Tier, mit Namen Löwe groß,
Die treue Thisbe, die des Nachts zuerst gekommen,
Tät' scheuchen, ja vielmehr erschrecken, dass sie bloß
Den Mantel fallen ließ und drauf die Flucht genommen.
Drauf dieser schnöde Löw' in seinen Rachen nahm
Und ließ mit Blut befleckt den Mantel lobesam.
Sofort kommt Pyramus, ein Jüngling weiß und rot,
Und find't den Mantel da von seiner Thisbe tot;
Worauf er mit dem Deg'n, mit blutig bösem Degen,
Die blut'ge heiße Brust sich tapferlich durchstach;
Und Thisbe, die indes im Maulbeerschatten g'legen,
Zog seinen Dolch heraus, und sich das Herz zerbrach.
Was noch zu sagen ist, das wird, glaubt mir fürwahr!

Euch Mondschein, Wand und Löw' und das verliebte Paar
Der Läng' und Breite nach, solang sie hier verweilen,
Erzählen, wenn Ihr wollt, in wohlgereimten Zeilen.

Ein Sommernachtstraum V,1

V

Liebesfreud, Liebesleid

Sonett 18

Soll ich vergleichen einem sommertage
Dich der du lieblicher und milder bist?
Des maien teure knospen drehn im schlage
Des sturms und allzukurz ist sommers frist.

Des himmels aug scheint manchmal bis zum
brennen ·
Trägt goldne farbe die sich oft verliert ·
Jed schön will sich vom schönen manchmal trennen
Durch zufall oder wechsels lauf entziert.

Doch soll dein ewiger sommer nie ermatten:
Dein schönes sei vor dem verlust gefeit.
Nie prahle Tod · du gingst in seinem schatten . .
In ewigen reimen ragst du in die zeit.

Solang als menschen atmen · augen sehn
Wird dies und du der darin lebt bestehn.

Übersetzt von Stefan George

Shall I compare thee to a summer's day?
Thou art more lovely and more temperate:
Rough winds do shake the darling buds of May,
And summer's lease hath all too short a date:

Sometime too hot the eye of heaven shines,
And often is his gold complexion dimm'd;
And every fair from fair some time declines,
By chance, or nature's changing course, untrimm'd;
But thy eternal summer shall not fade
Nor lose possession of that fair thou ow'st;
Nor shall Death brag thou wander'st in his shade,
When in eternal lines to time thou grow'st:
  So long as men can breathe or eyes can see,
  So long lives this, and this gives life to thee.

Venus und Adonis

Mit dem ergreift sie seine schweiß'ge Hand,
Die Botin seiner Kraft und Männlichkeit.
»'s ist edler Balsam«, zittert sie, »gesandt,
Dass eine Göttin seiner sich erfreut.«
So rasend gibt ihr Stärke die Begier,
Ihn sich herabzuziehn von seinem Tier.

Des Renners Zügel über einem Arm,
Schlägt sie den andern um des Knaben Leib,
Der dämisch schmollt, und rot wird, doch nicht warm,
Und abhold ist dem süßen Zeitvertreib.
Sie rot und heiß, wie Kohlen recht im Feuer;
Er rot vor Scham, allein ein frost'ger Freier.

Oh, Lieb' ist schnell! – um einen knorr'gen Ast
Weiß sie behend den bunten Zaum zu winden;
Das Ross ist aufgestallt, und jetzt in Hast
Versucht sie auch den Reiter festzubinden,
Ihn rückwärts stoßend, wie er sie es müsste,
Lenkt seinen Leib sie, doch nicht seine Lüste.

Kaum sinkt er hin, so fällt auch sie zur Erde,
Gleich ihm auf Hüft' und Ellenbogen lehnend;
Sie streichelt ihn, doch er mit Zorngebärde
Verweist es ihr; – ihn zu beschwicht'gen wähnend,
Vor Wollust stammelnd, sagt sie unter Küssen:
»Ja, wenn du schmälst, muss ich den Mund dir
schließen.«

Er brennt vor Scham; sein mädchenhaft Erglüh'n
Löscht sie mit Tränen; drauf mit ihren Locken
Und ihren Seufzern wieder kühlt sie ihn,
Und fächelt seine Wangen wieder trocken.
Er nennt sie frech und schilt ihr zuchtlos Werben;
Was folgen soll, lässt sie durch Küsse sterben.

Und wie ein Aar, der lange Zeit gefastet,
Den Schnabel senkt in Federn, Fleisch und Bein,
Die Schwingen schüttelt und nicht eher rastet,
Als bis er voll ist und der Raub herein:
So küsst sie Stirn ihm, Kinn und Mund und Wangen,
Um, wo sie endet, wieder anzufangen.

Als von dem tränenreichen Morgen grade
Die Sonne schied mit purpurnem Gesicht,
Da sucht' Adonis schon des Waldes Pfade;
Zu jagen liebt' er, doch zu lieben nicht.
Von Liebe siech, tritt Venus ihm entgegen
Und wirbt um ihn, wie kecke Werber pflegen.

»Du, dreimal schöner als ich selbst«, begann
Die Liebliche mit buhlerischem Kosen,
»Süß über alles, holder als ein Mann,
Mehr weiß und rot, als Tauben sind und Rosen;
Sich selbst besiegend, da sie dich vollendet,
Sagt die Natur, dass mit dir alles endet.

»Geruh', du Wunder, dich vom Ross zu schwingen,
Und an den Sattelbogen festzuzäumen
Sein stolzes Haupt; zum Lohn von tausend Dingen
Erfährst du auch, so süßen als geheimen.
O komm – dies Moos birgt keiner Schlangen Tücke! –
Dass ich mit meinen Küssen dich ersticke.

»Und fürchte nicht, verhasste Sattheit müsse
Den Mund dir schließen; nein, im Überfluss
Soll er noch hungern, wundgeküsst: zehn Küsse
Wie einer kurz, wie zwanzig lang *ein* Kuss.
Ein Sommertag muss einer Stunde gleichen,
Lässt unter solchem Spiel man ihn verstreichen.«

Venus und Adonis, V. 25–84
Frei übertragen von Ferdinand Freiligrath

BENEDICT

Ich wundre mich doch außerordentlich, wie ein Mann, der sieht, wie ein anderer zum Narren wird, wenn er seine Gebärden der Liebe widmet, doch, nachdem er solche läppischen Torheiten an jenem verspottet, sich zum Gegenstand seiner eignen Verachtung macht, indem er sich selbst verliebt: und solch ein Mann ist Claudio. Ich weiß die Zeit, da ihm keine Musik recht war als Trommel und Querpfeife, und nun hörte er lieber Tamburin und Flöte. Ich weiß die Zeit, wo er fünf Stunden zu Fuß gelaufen wäre, um eine gute Rüstung zu sehn, und jetzt könnte er fünf Nächte ohne Schlaf zubringen, um den Schnitt eines neuen Wamses zu ersinnen. Sonst sprach er schlicht vom Munde weg wie ein ehrlicher Junge und ein guter Soldat; nun ist er ein Wortdrechsler geworden, seine Rede ist wie ein phantastisch besetztes Bankett, ebensoviel kurioses, seltsames Konfekt. – Sollt' *ich* jemals so verwandelt werden können, solange ich noch aus diesen Augen sehe? Wer weiß: – Ich glaube es nicht. Ich will nicht darauf schwören, dass mich die Liebe nicht in eine Auster verwandeln könne; aber darauf möchte ich doch einen Eid ablegen, dass sie mich vorher erst in eine Auster verwandelt haben müsse, eh' sie einen solchen Narren aus mir machen soll. Dieses Mädchen ist schön, das tut mir noch nichts; ein andres hat Verstand, das tut mir auch nichts; eine dritte ist tugendhaft, das tut mir immer noch nichts: und bis nicht alle Vorzüge sich in einem Mädchen vereinigen, soll kein Mädchen bei mir einen Vorzug haben. Reich muss sie sein, das ist ausgemacht; verständig, oder ich mag sie nicht; tugendhaft, oder ich biete gar nicht auf sie; schön, oder ich sehe sie nicht an; sanft, oder sie soll mir nicht nahekommen; edel, oder ich nähme sie nicht, und gäbe man mir noch einen Engel zu; angenehm in ihrer Unterhaltung, vollkommen in der Musik: und wenn sie das alles ist, so mag ihr Haar eine Farbe haben, wie es Gott gefällt. Ach! da kommen der Prinz und unser Amoroso. Ich will mich in die Laube verstecken.

Viel Lärmen um Nichts II,3

Liebeskrank

ROSALINDE

Nein, ich will meine Arznei nicht wegwerfen, außer an Kranke. Es spukt hier ein junger Mensch im Walde herum, der unsre junge Baumzucht missbraucht, den Namen Rosalinde in die Rinden zu graben, der Oden an Weißdornen hängt und Elegien an Brombeersträuche, alle – denkt doch! – um Rosalindens Namen zu vergöttern. Könnte ich diesen Herzenskrämer antreffen, so gäbe ich ihm einen guten Rat, denn er scheint mit dem täglichen Liebesfieber behaftet.

ORLANDO

Ich bin's, den die Liebe so schüttelt: ich bitte Euch, sagt mir Euer Mittel.

ROSALINDE

Es ist keins von meines Onkels Merkmalen an Euch zu finden. Er lehrte mich einen Verliebten erkennen; ich weiß gewiss, Ihr seid kein Gefangner in diesem Käficht.

ORLANDO

Was waren seine Merkmale?

ROSALINDE

Eingefallne Wangen, die Ihr nicht habt; Augen mit blauen Rändern, die Ihr nicht habt; ein ungeselliger Sinn, den Ihr nicht habt; ein verwilderter Bart, den Ihr nicht habt; – doch den erlasse ich Euch, denn, aufrichtig, was Ihr an Bart besitzet, ist eines jüngern Bruders Einkommen. – Dann sollten Eure Kniegürtel lose hängen, Eure Mütze nicht gebunden sein, Eure Ärmel aufgeknöpft, Eure Schuhe nicht zugeschnürt, und alles und jedes an Euch müsste eine nachlässige Trostlosigkeit verraten. Aber solch ein Mensch seid Ihr nicht. Ihr seid vielmehr geschniegelt in Eurem Anzuge, mehr wie einer, der in sich selbst verliebt als sonst jemands Liebhaber ist.

ORLANDO

Schöner Junge, ich wollte, ich könnte dich glauben machen, dass ich liebe.

ROSALINDE

Mich das glauben machen? Ihr könntet es ebensogut Eure Liebste glauben machen, was sie zu tun williger ist, dafür steh' ich Euch, als zu gestehn, dass sie es tut: das ist einer von den Punkten, worin die Weiber immer ihr Gewissen Lügen strafen. Aber in ganzem Ernst, seid Ihr es, der die Verse an die Bäume hängt, in denen Rosalinde so bewundert wird?

ORLANDO

Ich schwöre dir, junger Mensch, bei Rosalindens weißer Hand: ich bin es, ich bin der Unglückliche.

ROSALINDE

Aber seid Ihr so verliebt, als Eure Reime bezeugen?

ORLANDO

Weder Gereimtes noch Ungereimtes kann ausdrücken, wie sehr.

ROSALINDE

Liebe ist eine bloße Tollheit, und ich sage Euch, verdient ebensogut eine dunkle Zelle und Peitsche als andre Tolle; und die Ursache, warum sie nicht so gezüchtigt und geheilt wird, ist, weil sich diese Mondsucht so gemein gemacht hat, dass die Zuchtmeister selbst verliebt sind. Doch kann ich sie mit gutem Rat heilen.

ORLANDO

Habt Ihr irgendwen so geheilt?

ROSALINDE

Ja, einen, und zwar auf folgende Weise. Er musste sich einbilden, dass ich seine Liebste, seine Gebieterin wäre, und alle Tage hielt ich ihn an, um mich zu werben. Ich, der ich nur ein launenhafter Junge bin, grämte mich dann, war weibisch, veränderlich, wusste nicht, was ich wollte, stolz, phantastisch, grillenhaft, läppisch, unbeständig, bald in Tränen, bald voll Lächeln, von jeder Leidenschaft etwas und von keiner etwas Rechtes, wie Kinder und Weiber meistenteils in diese Farben schlagen. Bald mochte ich ihn leiden, bald konnte ich ihn nicht ausstehn, dann machte ich mir mit ihm zu schaffen, dann sagte ich mich von ihm los; jetzt weinte ich um ihn, jetzt spie ich vor ihm aus: so dass ich meinen Bewerber aus einem tollen Anfall von Liebe in einen leibhaften Anfall von Tollheit versetzte, welche darin bestand, das Getümmel der Welt zu verschwören und in einem mönchischen Winkel zu leben. Und so heilte ich ihn, und auf diese Art nehme ich es über mich, Euer Herz so rein zu waschen wie ein gesundes Schafherz, dass nicht ein Fleckchen Liebe mehr daran sein soll.

ORLANDO

Ihr würdet mich nicht heilen, junger Mensch.

ROSALINDE

Ich würde Euch heilen, wolltet Ihr mich nur Rosalinde nennen und alle Tage in meine Hütte kommen und um mich werben.

ORLANDO

Nun, bei meiner Treue im Lieben, ich will es: sagt mir, wo sie ist.

ROSALINDE

Geht mit mir, so will ich sie Euch zeigen, und unterwegs sollt Ihr mir sagen, wo Ihr hier im Walde wohnt. Wollt Ihr kommen?

ORLANDO

Von ganzem Herzen, guter Junge.

ROSALINDE

Nein, Ihr müsst mich Rosalinde nennen. – Komm, Schwester, lass uns gehn.

Wie es euch gefällt III,2

PANDARUS

Geht, geht, nichts mehr davon; ich will Euch nun mein Lied singen.

HELENA

Ja, singt es gleich. Meiner Treu, Pandarus, Ihr habt eine hübsche Stirn.

PANDARUS

Ei, ei!

HELENA

Singt uns ein verliebtes Lied. Die Liebe wird uns noch alle verderben. O Kupido, Kupido, Kupido!

PANDARUS

Ein Liebeslied! Ja, wahrhaftig!

PARIS

Ja, von Liebe; nichts als von Liebe!

PANDARUS

Wahrhaftig, so fängt's auch an:
O Liebe, Lieb' in jeder Stunde,
Dein Pfeil mit Weh
Trifft Hirsch und Reh;
Doch nicht entrafft
Sie gleich der Schaft,
Er kitzelt nur die Wunde.

Verliebte schrei'n:
O Todespein!
Doch was so tödlich erst gedroht,
Daraus wird Jubeln und Juchhein.
Die Sterbenden sind frisch und rot;
O weh, ein Weilchen, dann ha! ha!
O weh seufzt nur nach ha! ha! ha!
Juchhei!

Troilus und Cressida III,1

Eifersucht

OTHELLO

Gib deine Hand mir. – Diese Hand ist warm.

DESDEMONA

Sie hat auch Alter nicht noch Gram gefühlt.

OTHELLO

Dies deutet Fruchtbarkeit, freigeb'gen Sinn; –
Heiß, heiß, und feucht! Solch einer Hand geziemt
Abtötung von der Welt, Gebet und Fasten,
Viel Selbstkasteiung, Andacht, fromm geübt;
Denn jung und brennend wohnt ein Teufel hier,
Der leicht sich auflehnt. 's ist 'ne milde Hand,
Die gern verschenkt.

DESDEMONA

Du kannst sie wohl so nennen,
Denn diese Hand war's, die mein Herz dir gab.

OTHELLO

Eine offne Hand: sonst gab das Herz die Hand;
Die neue Wappenkunst ist Hand, nicht Herz.

DESDEMONA

Davon versteh' ich nichts. Nun, dein Versprechen.

OTHELLO

Welch ein Versprechen, Kind? –

DESDEMONA

Ich ließ den Cassio rufen, dich zu sprechen.

OTHELLO

Mich plagt ein widerwärt'ger, böser Schnupfen,
Leih mir dein Taschentuch.

DESDEMONA

Hier, mein Gemahl.

OTHELLO

Das, welches ich dir gab.

DESDEMONA

Ich hab's nicht bei mir.

OTHELLO

Nicht?

DESDEMONA

Wirklich nicht, mein Teurer.

OTHELLO

Das muss ich tadeln: dieses Tuch
Gab meiner Mutter ein Zigeunerweib:
'ne Zaubrin war's, die in den Herzen las.
Solange sie's bewahrte, sprach das Weib,
Würd' es ihr Reiz verleih'n und meinen Vater
An ihre Liebe fesseln; doch verlöre
Oder verschenkte sie's, satt würde dann
Sein Blick sie schau'n, sein lüstern Auge späh'n
Nach neuem Reiz: sie, sterbend, gab es mir
Und hieß mir's, wenn mein Schicksal mich vermählte,
Der Gattin geben. Dies geschah: nun hüt es
Mit zarter Liebe, gleich dem Augenstern.
Verlörst du's oder gäbst es fort, es wäre
Ein Unheil ohne Maß.

DESDEMONA

Wie, ist es möglich?

OTHELLO

Jawohl; in dem Gewebe steckt Magie;
Eine Sibylle, die den Sonnenlauf
Zweihundertmal die Bahn vollenden sah,
Hat im prophet'schen Wahnsinn es gewebt.
Geweihte Würmer spannen ihre Seide,
Sie färbt's in Mumiensaft, den sie mit Kunst
Aus Jungfrau'nherzen zog.

DESDEMONA

Wirklich? ist's wahr?

OTHELLO

Höchst zuverlässig; drum bewahr es wohl.

DESDEMONA

Dann wollte Gott, ich hätt' es nie gesehn.

Othello III,4

Verliebte und Dichter

HIPPOLYTA

Was diese Liebenden erzählen, mein Gemahl,
Ist wundervoll.

THESEUS

Mehr wundervoll wie wahr.
Ich glaubte nie an diese Feenpossen
Und Fabelein. Verliebte und Verrückte
Sind beide von so brausendem Gehirn,
So bildungsreicher Phantasie, die wahrnimmt,
Was nie die kühlere Vernunft begreift.
Wahnwitzige Poeten und Verliebte
Bestehn aus Einbildung. Der eine sieht
Mehr Teufel, als die weite Hölle fasst;
Der Tolle nämlich; der Verliebte sieht,

Nicht minder irr, die Schönheit Helenas
Auf einer äthiopisch braunen Stirn.
Des Dichters Aug', in schönem Wahnsinn rollend,
Blitzt auf zum Himmel, blitzt zur Erd' hinab,
Und wie die schwangre Phantasie Gebilde
Von unbekannten Dingen ausgebiert,
Gestaltet sie des Dichters Kiel, benennt
Das luft'ge Nichts und gibt ihm festen Wohnsitz.
So gaukelt die gewalt'ge Einbildung;
Empfindet sie nur irgendeine Freude,
Sie ahndet einen Bringer dieser Freude;
Und in der Nacht, wenn uns ein Grau'n befällt,
Wie leicht, dass man den Busch für einen Bären hält!

Ein Sommernachtstraum V,1

Arien und Duette

ROMEO

Julia erscheint oben an einem Fenster.

Doch still, was schimmert durch das Fenster dort?
Es ist der Ost und Julia die Sonne! –
Geh auf, du holde Sonn'! ertöte Lunen,
Die neidisch ist und schon vor Grame bleich,
Dass du viel schöner bist, obwohl ihr dienend.
Oh, da sie neidisch ist, so dien ihr nicht.
Nur Toren gehn in ihrer blassen, kranken

Vestalentracht einher: wirf du sie ab!
Sie ist es, meine Göttin! meine Liebe!
O wüsste sie, dass sie es ist! –
Sie spricht, doch sagt sie nichts: was schadet das?
Ihr Auge red't, ich will ihm Antwort geben. –
Ich bin zu kühn, es redet nicht zu mir.
Ein Paar der schönsten Stern' am ganzen Himmel
Wird ausgesandt, und bittet Juliens Augen,
In ihren Kreisen unterdes zu funkeln.
Doch wären ihre Augen dort, die Sterne
In ihrem Antlitz? Würde nicht der Glanz
Von ihren Wangen jene so beschämen
Wie Sonnenlicht die Lampe? Würd' ihr Aug'
Aus luft'gen Höhn sich nicht so hell ergießen,
Dass Vögel sängen, froh den Tag zu grüßen?
O wie sie auf die Hand die Wange lehnt!
Wär' ich der Handschuh doch auf dieser Hand
Und küsste diese Wange!

Romeo und Julia II,2

JULIA

Hinab, du flammenhufiges Gespann,
Zu Phöbus' Wohnung! Solch ein Wagenlenker,
Wie Phaeton, jagt' euch gen Westen wohl
Und brächte schnell die wolk'ge Nacht herauf. –
Verbreite deinen dichten Vorhang, Nacht!
Du Liebespflegerin! Damit das Auge
Der Neubegier sich schließ' und Romeo

Claire Danes als Julia in der Verfilmung
von Baz Luhrmann
(1996, 20th Century Fox)

Mir unbelauscht in diese Arme schlüpfe. –
Verliebten g'nügt zu der geheimen Weihe
Das Licht der eignen Schönheit; oder wenn
Die Liebe blind ist, stimmt sie wohl zur Nacht. –
Komm, ernste Nacht, du züchtig stille Frau,
Ganz angetan mit Schwarz, und lehre mir
Ein Spiel, wo jedes reiner Jugend Blüte
Zum Pfande setzt, gewinnend zu verlieren!
Verhülle mit dem schwarzen Mantel mir
Das wilde Blut, das in den Wangen flattert,
Bis scheue Liebe kühner wird und nichts
Als Unschuld sieht in inn'ger Liebe Tun.
Komm, Nacht! – Komm, Romeo, du Tag in Nacht!
Denn du wirst ruh'n auf Fittichen der Nacht,
Wie frischer Schnee auf eines Raben Rücken. –
Komm, milde liebevolle Nacht! Komm, gib
Mir meinen Romeo! Und stirbt er einst,
Nimm ihn, zerteil in kleine Sterne ihn:
Er wird des Himmels Antlitz so verschönen,
Dass alle Welt sich in die Nacht verliebt
Und niemand mehr der eiteln Sonne huldigt. –
Ich kaufte einen Sitz der Liebe mir,
Doch ach! besaß ihn nicht; ich bin verkauft,
Doch noch nicht übergeben. Dieser Tag
Währt so verdrießlich lang mir, wie die Nacht
Vor einem Fest dem ungeduld'gen Kinde,
Das noch sein neues Kleid nicht tragen durfte.

Die Wärterin mit einer Strickleiter.

Da kommt die Amme ja: die bringt Bericht;
Und jede Zunge, die nur Romeo
Beim Namen nennt, spricht so beredt wie Engel.
Nun Amme? Sag, was gibt's, was hast du da?
Die Stricke, die dich Romeo hieß holen?

Romeo und Julia III,2

JULIA

Willst du schon gehn? Der Tag ist ja noch fern.
Es war die Nachtigall und nicht die Lerche,
Die eben jetzt dein banges Ohr durchdrang;
Sie singt des Nachts auf dem Granatbaum dort.
Glaub, Lieber, mir: es war die Nachtigall.

ROMEO

Die Lerche war's, die Tagverkünderin,
Nicht Philomele; sieh den neid'schen Streif,
Der dort im Ost der Frühe Wolken säumt.
Die Nacht hat ihre Kerzen ausgebrannt,
Der muntre Tag erklimmt die dunst'gen Höh'n;
Nur Eile rettet mich, Verzug ist Tod.

JULIA

Trau mir, das Licht ist nicht des Tages Licht,
Die Sonne hauchte dieses Luftbild aus,
Dein Fackelträger diese Nacht zu sein,
Dir auf dem Weg nach Mantua zu leuchten;
Drum bleibe noch: zu gehn ist noch nicht not.

ROMEO

Lass sie mich greifen, ja, lass sie mich töten!
Ich gebe gern mich drein, wenn du es willst.
Nein, jenes Grau ist nicht des Morgens Auge,
Der bleiche Abglanz nur von Cynthias Stirn.
Das ist auch nicht die Lerche, deren Schlag
Hoch über uns des Himmels Wölbung trifft.
Ich bleibe gern; zum Gehn bin ich verdrossen. –
Willkommen, Tod! hat Julia dich beschlossen. –
Nun, Herz? Noch tagt es nicht, noch plaudern wir.

JULIA

Es tagt, es tagt! Auf! eile! fort von hier!
Es ist die Lerche, die so heiser singt
Und falsche Weisen, rauhen Misston gurgelt.
Man sagt, der Lerche Harmonie sei süß;
Nicht diese: sie zerreißt die unsre ja.
Die Lerche, sagt man, wechselt mit der Kröte
Die Augen: möchte sie doch auch die Stimme!
Die Stimm' ist's ja, die Arm aus Arm uns schreckt,
Dich von mir jagt, da sie den Tag erweckt.
Stets hell und heller wird's: wir müssen scheiden.

ROMEO

Hell? Dunkler stets und dunkler unsre Leiden!

Romeo und Julia III,5

Zu kurze Nacht

TROILUS

Mein Liebchen, müh dich nicht; die Luft ist kalt.

CRESSIDA

Dann, Liebster, ruf' ich mir den Ohm herab,
Er soll das Tor aufschließen.

TROILUS

Stör ihn nicht.
Zu Bett, zu Bett! schlaft süß, ihr holden Augen
Und linde Ruh' umschmiege deine Sinne,
Wie Kindern, aller Sorgen frei.

CRESSIDA

Guten Morgen denn!

TROILUS

Ich bitt dich, nun zu Bett!

CRESSIDA

So seid Ihr mein schon müde?

TROILUS

O Cressida! Wenn nicht der rege Tag,
Geweckt vom Lerchenton, aufscheucht die Krähe,
Und Nacht nicht länger unsre Freuden birgt,
Sonst schied' ich nicht.

CRESSIDA

Die Nacht war allzu kurz!

TROILUS

Giftmischern weilt die widerwärt'ge Hexe,
Wie Hölle scheußlich; doch der Liebe Kosen
Flieht sie, mit Schwingen schneller als Gedanken –
Erkälten wirst du dich und auf mich zürnen.

CRESSIDA

O bleib noch! Männer wollen niemals warten.
Ich Törin! Hätt' ich nein zu dir gesagt,
Dann würd'st du wohl noch warten. Horch! wer
kommt?

PANDARUS

draußen

Was? alle Türen offen?

TROILUS

's ist dein Oheim.

Pandarus kommt.

CRESSIDA

Der Unerträgliche! Nun wird er spotten,
Das wird ein Leiden sein.

PANDARUS

Nun, wie geht's? wie geht's? Wie steht's um die Jungfernschaft? Hört Ihr, Jungfer – wo ist meine Nichte Cressida?

CRESSIDA

Fort, fort mit Euch, Ihr böser, spött'scher Ohm!
Erst treibt Ihr mich dazu, dann höhnt Ihr mich!

PANDARUS

Wozu? Wozu? Nun sage doch einmal, wozu? Wozu habe ich dich gebracht?

CRESSIDA

Pfui, schlimmer Ohm! Ihr selbst tut nimmer gut,
Noch leidet Ihr's von andern.

PANDARUS

Ha, ha, ha! Ach du armes Ding! Das liebe Närrchen! Hast du diese Nacht nicht geschlafen? Wollte er dich nicht schlafen lassen, der garstige Mann? Hol ihn der Popanz!

Es wird an die Tür geklopft.

CRESSIDA

Sagt' ich's nicht? – Klopft doch lieber seinen Kopf!
Wer pocht so? Geht doch, lieber Oheim, seht!
Ihr, Liebster, kommt zurück in meine Kammer –
Ihr lächelt spöttisch, als meint' ich was Arges.

TROILUS

Ha, ha!

CRESSIDA

Ihr irrt Euch; nein, an so was denk' ich nicht.
Man klopft wieder.
Wie stark man klopft! Ich bitt' Euch, geht hinein;
Nicht für halb Troja darf man Euch hier finden.

Troilus und Cressida IV,2

KATHARINA

Pfui, pfui! entrunzle diese droh'nde Stirn,
Und schieß nicht zorn'ge Pfeil' aus diesen Augen,
Verwundend deinen König, Herrn, Regierer.
Das tötet Schönheit wie der Frost die Flur,
Zerstört den Ruf wie Wirbelwind die Blüten,
Und niemals ist es recht noch liebenswert.
Ein zornig Weib ist gleich getrübter Quelle
Unrein und sumpfig, widrig, ohne Schönheit:
Und ist sie so, wird keiner, noch so durstig,
Sie würd'gen, einen Tropfen draus zu schlürfen.
Dein Eh'mann ist dein Herr, ist dein Erhalter,
Dein Licht, dein Haupt, dein Fürst, er sorgt für dich
Und deinen Unterhalt, gibt seinen Leib
Mühsel'ger Arbeit preis zu Land und Meer,
Wacht Nächte durch in Sturm, und Tag' in Kälte,
Wenn du im Hause warm und sicher ruhst;
Und fordert zum Ersatz nicht andern Lohn
Als Liebe, freundlich Blicken und Gehorsam:
Zu kleine Zahlung für so große Schuld.
Die Pflicht, die der Vasall dem Fürsten zollt,
Die ist die Frau auch schuldig ihrem Gatten.
Und ist sie trotzend, launisch, trüb und bitter,
Und nicht gehorsam billigem Gebot,
Was ist sie als ein tückischer Rebell,
Sünd'ger Verräter an dem lieben Herrn?

Wie schäm' ich mich, dass Frau'n so albern sind!
Sie künden Krieg und sollten knien um Frieden!
O dass sie herrschen, lenken, trotzen wollen,
Wo sie nur schweigen, lieben, dienen sollen!
Weshalb ist unser Leib zart, sanft und weich,
Kraftlos für Müh' und Ungemach der Welt,
Als dass ein weiches Herz, ein sanft Gemüte
Als zarter Gast die zarte Wohnung hüte?
O kommt, ihr eigensinn'gen, schwachen Würmer!
Mein Sinn war hart wie einer nur der euern,
Mein Herz so groß, mein Grund vielleicht noch besser,
Um Wort mit Wort, um Zorn mit Zorn zu schlagen: –
Jetzt seh ich's, unsre Lanzen sind nur Stroh,
Gleich schwach wir selbst, schwach wie ein hilflos Kind,
Scheinen wir nur, was wir am mind'sten sind.
Drum dämpft den Trotz, beugt euch dem Mann entgegen,
Ihm unter seinen Fuß die Hand zu legen: –
Wenn er's befiehlt, zum Zeichen meiner Pflicht,
Verweigert meine Hand den Dienst ihm nicht.

PETRUCHIO

Das nenn' ich eine Frau! Küss mich, mein Mädchen! –

Der Widerspenstigen Zähmung V,2

Elizabeth Taylor (Katharina) und Richard Burton (Petruchio) in der Verfilmung von Franco Zeffirelli (1966, Columbia/Bavaria)

Sonett 130

In ihrem aug ist nichts von sonnenstrahl ·
Korall ist röter als ihr lippenpaar ·
Wenn schnee weiss ist so ist ihr busen fahl ·
Sind locken draht · ist schwarzer draht ihr haar.

Ich schaute rosen zwiefarb · weiss und rot ·
Doch solche rosen trägt nicht ihr gesicht –
Und ich fand duft der mehr an reizen bot
Als jener hauch der aus dem mund ihr bricht.

Ihr reden hör ich gern · doch muss gestehn:
Musik hat einen angenehmern klang.
Ich sah noch niemals eine göttin gehn:
SIE schreitet auf dem grund bei ihrem gang . .

Und doch ist meine liebe mir so reich
Als jede die man fälscht mit lug-vergleich.

Übersetzt von Stefan George

My mistress' eyes are nothing like the sun;
Coral ist far more red than her lips' red;
If snow be white, why then her breasts are dun;
If hairs be wires, black wires grow on her head.
I have seen roses damask'd, red and white,
But no such roses see I in her cheeks;
And in some perfumes is there more delight
Than in the breath that form my mistress reeks.
I love to hear her speak, yet well I know
That music hath a far more pleasing sound;
I grant I never saw a goddess go –
My mistress when she walks treads on the ground.
And yet, by heaven, I think my love as rare
As any she belied with false compare.

VI

Geister und Träume

Die Hexen

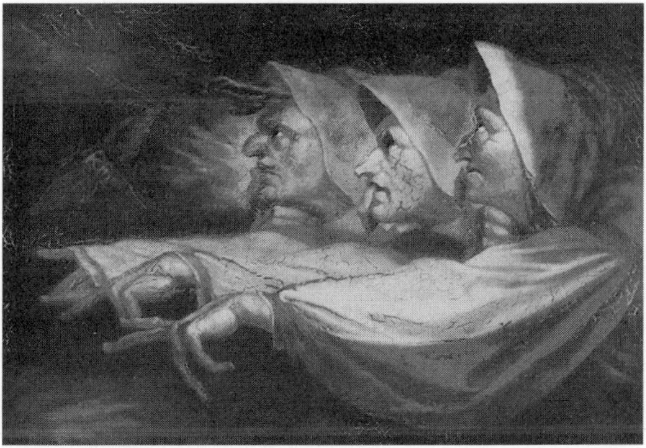

»Die drei Hexen«
Ölgemälde von Johann Heinrich Füssli (1783)

ERSTE HEXE

Wann kommen wir drei uns wieder entgegen,
Im Blitz und Donner, oder im Regen?

ZWEITE HEXE

Wenn der Wirrwarr stille schweigt,
Wer der Sieger ist, sich zeigt.

DRITTE HEXE

Das ist, eh' der Tag sich neigt.

ERSTE HEXE

Wo der Ort?

ZWEITE HEXE

Die Heide dort.

DRITTE HEXE

Da wird Macbeth sein. Fort, fort!
Man hört einen Gesang in der Luft.

ERSTE HEXE

Grau Lieschen, ja! ich komme!

ALLE DREI

Unke ruft: – Geschwind –
Schön ist hässlich, hässlich schön:
Schwebt durch Dunst und Nebelhöh'n!

Macbeth I,I

Banquos Geist

LADY MACBETH

Mein königlicher Herr,
Ihr seid kein heitrer Wirt. Das Fest ist feil,
Wird nicht das Mahl durch Freundlichkeit gewürzt,

Durch Willkomm erst geschenkt. Man speist am besten
Daheim; doch auswärts macht die Höflichkeit
Den Wohlgeschmack der Speisen, nüchtern wäre
Gesellschaft sonst.

MACBETH

Du holde Mahnerin! –
Nun, auf die Esslust folg' ein gut Verdauen,
Gesundheit beiden!

LENOX

Gefällt es Eurer Hoheit sich zu setzen?

Banquos Geist kommt und setzt sich auf Macbeths Platz.

MACBETH

Beisammen wär' uns hier des Landes Adel,
Wenn unser Freund nicht, unser Banquo, fehlte;
Doch möcht' ich lieber ihn unfreundlich schelten,
Als eines Unfalls wegen ihn bedauern.

ROSSE

Da er nicht kommt, verletzt er sein Versprechen.
Gefällt's Eu'r Majestät, uns zu beglücken,
Indem Ihr Platz in unsrer Mitte nehmt?

MACBETH

Die Tafel ist voll.

LENOX

Hier ist ein Platz noch.

MACBETH

Wo?

LENOX

Hier, teurer König. Was erschreckt Eu'r Hoheit?

MACBETH

Wer von euch tat das?

LORDS

Was, mein guter Herr?

MACBETH

Du kannst nicht sagen, dass ich's tat. Oh, schüttle
Nicht deine blut'gen Locken gegen mich.

ROSSE

Steht auf, ihr Herrn, dem König ist nicht wohl.

LADY MACBETH

Bleibt sitzen, Herrn, der König ist oft so,
Und war's von Jugend an – oh, steht nicht auf!
Schnell geht der Anfall über; augenblicks
Ist er dann wohl. Beachtet ihr ihn viel,
So reizt ihr ihn und länger währt das Übel.
Esst, seht ihn gar nicht an. – Bist du ein Mann?

MACBETH

Ja, und ein kühner, der das wagt zu schauen,
Wovor der Teufel blass wird.

LADY MACBETH

Schönes Zeug!

Das sind die wahren Bilder deiner Furcht;
Das ist der luft'ge Dolch, der, wie du sagtest,
Zu Duncan dich geführt! – Ha! dieses Zucken,
Dies Starr'n, Nachäffung wahren Schrecks, sie passten
Zu einem Weibermärchen am Kamin,
Bestätigt von Großmütterchen. – Oh, schäme dich!
Was machst du für Gesichter! denn am Ende
Schaust du nur auf 'nen Stuhl.

MACBETH

Ich bitt' dich, sieh! blick auf! schau an! Was sagst du? –
Ha! meinethalb! wenn du kannst nicken, sprich auch.
Wenn Grab und Beingewölb' uns wieder schickt,
Die wir begruben, sei der Schlund der Geier
Uns Totengruft!

Der Geist geht fort.

Macbeth III,4

Richards Traum

Die Geister der beiden jungen Prinzen steigen auf.

GEISTER

Von deinen Vettern träum, erwürgt im Turm;
Und sei'n wir Blei in deinem Busen, Richard,

Zieh'n nieder dich in Unfall, Schmach und Tod!
Die Seelen deiner Neffen rufen dir:
Verzweifl und stirb!

Zu Richmond.

Schlaf friedlich, Richmond, und erwach voll Mut!
Dich schirm ein Engel vor des Ebers Wut!
Leb, und erzeug ein reiches Königshaus!
Dich heißen Eduards arme Söhne blühen.

Der Geist der Prinzessin Anna steigt auf.

GEIST

Richard, dein Weib, Anna, dein elend Weib,
Die keine ruh'ge Stunde schlief bei dir,
Füllt deinen Schlaf jetzt mit Verstörungen.
Denk in der Schlacht an mich und fallen lass
Dein abgestumpftes Schwert! Verzweifl und stirb!

Zu Richmond.

Schlaf, ruh'ge Seele, schlaf geruh'gen Schlaf!
Dir zeige Glück und Sieg im Traume sich:
Es betet deines Gegners Weib für dich.

Buckinghams Geist steigt auf.

GEIST

zu König Richard.

Der erste war ich, der zum Thron dir half;
Der letzte fühlt' ich deine Tyrannei:
Oh, in der Schlacht gedenk an Buckingham,
Und stirb im Schrecken über deine Schuld!

Träum weiter, träum von Tod und von Verderben:
Du sollst verzweifeln und verzweifelnd sterben.

Zu Richmond.

Ich starb um Hoffnung, eh' ich Hilfe bot:
Doch stärk dein Herz und habe keine Not.
Gott samt den Engeln ficht zu Richmonds Schutz,
Und Richard fällt in seinem höchsten Trutz.

Die Geister verschwinden. König Richard fährt aus seinen Träumen auf.

RICHARD

Ein andres Pferd! verbindet meine Wunden! –
Erbarmen, Jesus! – Still, ich träumte nur.
O feig Gewissen, wie du mich bedrängst! –
Das Licht brennt blau. Ist's nicht um Mitternacht?
Mein schauerndes Gebein deckt kalter Schweiß.
Was fürcht' ich denn? mich selbst? Sonst ist hier niemand.
Richard liebt Richard: das heißt, Ich bin Ich.
Ist hier ein Mörder? Nein. – Ja, ich bin hier.
So flieh. – Wie? vor dir selbst? Mit gutem Grund:
Ich möchte rächen. Wie? mich an mir selbst?
Ich liebe ja mich selbst. Wofür? für Gutes,
Das je ich selbst hätt' an mir selbst getan?
O leider, nein! Vielmehr hass ich mich selbst,
Verhasster Taten halb, durch mich verübt.
Ich bin ein Schurke – doch ich lüg', ich bin's nicht.
Tor, rede gut von dir! – Tor, schmeichle nicht!

Hat mein Gewissen doch viel tausend Zungen,
Und jede Zunge bringt verschiednes Zeugnis,
Und jedes Zeugnis straft mich einen Schurken.
Meineid, Meineid, im allerhöchsten Grad,
Mord, grauser Mord, im fürchterlichsten Grad,
Jedwede Sünd', in jedem Grad geübt,
Stürmt an die Schranken, rufend: Schuldig! schuldig!
Ich muss verzweifeln. – Kein Geschöpfe liebt mich,
Und sterb' ich, wird sich keine Seel' erbarmen.
Ja, warum sollten's andre? Find' ich selbst
In mir doch kein Erbarmen mit mir selbst.
Mir schien's, die Seelen all, die ich ermordet,
Kämen ins Zelt, und ihrer jede drohte
Mit Rache morgen auf das Haupt des Richard.

Ratcliff tritt auf.

RATCLIFF

Mein Fürst –

RICHARD

Wer ist da?

RATCLIFF

Ratcliff, mein Fürst; ich bin's. Der frühe Hahn des Dorfs
Tat zweimal Gruß dem Morgen; Eure Freunde
Sind auf und schnallen ihre Rüstung an.

RICHARD

O Ratcliff, ich hatt' einen furchtbarn Traum! –

König Richard III. V,3

HAMLET

Wo führst du hin mich? Red, ich geh' nicht weiter.

GEIST

Hör an!

HAMLET

Ich will's.

GEIST

Schon naht sich meine Stunde,
Wann ich den schweflichten, qualvollen Flammen
Mich übergeben muss.

HAMLET

Ach, armer Geist!

GEIST

Beklag mich nicht, doch leih dein ernst Gehör
Dem, was ich kund will tun.

HAMLET

Sprich! mir ist's Pflicht zu hören.

GEIST

Zu rächen auch, sobald du hören wirst.

HAMLET

Was?

GEIST

Ich bin deines Vaters Geist:

Laurence Olivier als Hamlet in der von ihm inszenierten Filmversion

(1948, Rank)

Verdammt auf eine Zeitlang, nachts zu wandern,
Und tags gebannt, zu fasten in der Glut,
Bis die Verbrechen meiner Zeitlichkeit
Hinweggeläutert sind. Wär' mir's nicht untersagt
Das Innre meines Kerkers zu enthüllen,
So höb' ich eine Kunde an, von der
Das kleinste Wort die Seele dir zermalmte,
Dein junges Blut erstarrte, deine Augen
Wie Stern' aus ihren Kreisen schießen machte,
Dir die verworrnen krausen Locken trennte,
Und sträubte jedes einzle Haar empor,
Wie Nadeln an dem zorn'gen Stacheltier:
Doch diese ew'ge Offenbarung fasst
Kein Ohr von Fleisch und Blut. – Horch, horch!
o horch!
Wenn du je deinen teuren Vater liebtest –

HAMLET

O Himmel!

GEIST

Räch seinen schnöden, unerhörten Mord.

HAMLET

Mord?

GEIST

Ja, schnöder Mord, wie er aufs beste ist,
Doch dieser unerhört und unnatürlich.

HAMLET

Eil, ihn zu melden: dass ich auf Schwingen, rasch

Wie Andacht und des Liebenden Gedanken,
Zur Rache stürmen mag.

GEIST

Du scheinst mir willig:
Auch wärst du träger als das feiste Kraut,
Das ruhig Wurzel treibt an Lethes Bord,
Erwachtest du nicht hier. Nun, Hamlet, höre:
Es heißt, dass, weil ich schlief in meinem Garten,
Mich eine Schlange stach; so wird das Ohr des Reichs
Durch den erlognen Hergang meines Todes
Schmählich getäuscht; doch wisse, edler Jüngling,
Die Schlang', die deines Vaters Leben stach,
Trägt seine Krone jetzt.

HAMLET

O mein prophetisches Gemüt! Mein Oheim?

GEIST

Ja, der blutschänderische Ehebrecher,
Durch Witzes Zauber, durch Verrätergaben
(O arger Witz und Gaben, die imstand'
So zu verführen sind!) gewann den Willen
Der scheinbar tugendsamen Königin
Zu schnöder Lust. O Hamlet, welch ein Abfall!
Von mir, des Liebe von der Echtheit war,
Dass Hand in Hand sie mit dem Schwure ging,
Den ich bei der Vermählung tat; erniedert
Zu einem Sünder, von Natur durchaus

Armselig gegen mich!
Allein wie Tugend nie sich reizen lässt,
Buhlt Unzucht auch um sie in Himmelsbildung;
So Lust, gepaart mit einem lichten Engel,
Wird dennoch eines Götterbettes satt
Und hascht nach Wegwurf. –
Doch still! mich dünkt, ich wittre Morgenluft:
Kurz lass mich sein. – Da ich im Garten schlief,
Wie immer meine Sitte nachmittags,
Beschlich dein Oheim meine sichre Stunde,
Mit Saft verfluchten Bilsenkrauts im Fläschchen,
Und träufelt' in den Eingang meines Ohrs
Das schwärende Getränk; wovon die Wirkung
So mit des Menschen Blut in Feindschaft steht,
Dass es durch die natürlichen Kanäle
Des Körpers hurtig, wie Quecksilber, läuft;
Und wie ein saures Lab, in Milch getropft,
Mit plötzlicher Gewalt gerinnen macht
Das leichte, reine Blut. So tat es meinem,
Und Aussatz schuppte sich mir augenblicklich,
Wie einem Lazarus, mit ekler Rinde
Ganz um den glatten Leib.
So ward ich schlafend und durch Bruderhand
⟨Um Leben, Krone, Weib mit eins gebracht,⟩
In meiner Sünden Blüte hingerafft,
Ohne Nachtmahl, ungebeichtet, ohne Ölung;
Die Rechnung nicht geschlossen, ins Gericht
Mit aller Schuld auf meinem Haupt gesandt.

O schaudervoll! o schaudervoll! höchst
schaudervoll!
Hast du Natur in dir, so leid' es nicht;
Lass Dänmarks königliches Bett kein Lager
Für Blutschand' und verruchte Wollust sein.
Doch, wie du immer diese Tat betreibst,
Befleck dein Herz nicht; dein Gemüt ersinne
Nichts gegen deine Mutter; überlass sie
Dem Himmel und den Dornen, die im Busen
Ihr stechend wohnen. Lebe wohl mit eins!
Der Glühwurm zeigt, dass sich die Frühe naht,
Und sein unwirksam Feu'r beginnt zu blassen.
Ade! Ade! Ade! gedenke mein.

Ab.

HAMLET

O Herr des Himmels! Erde! – Was noch sonst?
Nenn' ich die Hölle mit? – O pfui! Halt, halt, mein
Herz!

Hamlet 1,5

Vor Cäsars Tod

CALPURNIA

Was meint Ihr, Cäsar? Denkt Ihr auszugehn?
Ihr müsst heut keinen Schritt vom Hause weichen.

CÄSAR

Cäsar geht aus. Mir haben stets Gefahren
Im Rücken nur gedroht; wenn sie die Stirn
Des Cäsar werden sehn, sind sie verschwunden.

CALPURNIA

Cäsar, ich hielt auf Wunderzeichen nie,
Doch schrecken sie mich nun. Im Haus ist jemand,
Der außer dem, was wir gesehn, gehört,
Von Greueln meldet, so die Wach' erblickt.
Es warf auf offner Gasse eine Löwin,
Und Grüft' erlösten gähnend ihre Toten.
Wildglüh'nde Krieger fochten auf den Wolken,
In Reih'n, Geschwadern, und nach Kriegsgebrauch,
Wovon es Blut gesprüht aufs Kapitol.
Das Schlachtgetöse klirrte in der Luft;
Da wiehern Rosse, Männer röcheln sterbend,
Und Geister wimmerten die Straßen durch.
O Cäsar! unerhört sind diese Dinge:
Ich fürchte sie.

CÄSAR

Was kann vermieden werden,
Das sich zum Ziel die mächt'gen Götter setzten?
Ich gehe dennoch aus, denn diese Zeichen,
So gut wie Cäsarn, gelten sie der Welt.

CALPURNIA

Kometen sieht man nicht, wann Bettler sterben:
Der Himmel selbst flammt Fürstentod herab.

CÄSAR

Der Feige stirbt schon vielmal, eh' er stirbt,
Die Tapfern kosten einmal nur den Tod.
Von allen Wundern, die ich je gehört,
Scheint mir das größte, dass sich Menschen fürchten,
Da sie doch sehn, der Tod, das Schicksal aller,
Kommt, wann er kommen soll.

Julius Cäsar II,2

Cassios Traum

JAGO

Ich hasse dies Geschäft:
Doch weil ich hierin schon so weit gegangen –
Verlockt durch Lieb' und dumme Redlichkeit –,
So fahr ich fort. – Ich schlief mit Cassio jüngst,
Und da ein arger Schmerz im Zahn mich quälte,
Konnt' ich nicht ruhn.
Nun gibt es Menschen von so schlaffem Geist,
Dass sie im Traum ausschwatzen, was sie tun,
Und Cassio ist der Art.
Im Schlafe seufzt' er: süße Desdemona! –
Sei achtsam, unsre Liebe halt geheim! –
Und dann ergriff und drückt' er meine Hand,
Rief: süßes Kind! – und küsste mich mit Inbrunst,

Als wollt' er Küsse mit der Wurzel reißen
Aus meinen Lippen, legte dann das Bein
Auf meines, seufzt' und küsste mich und rief:
Verwünschtes Los, das dich dem Mohren gab! –

OTHELLO

O greulich! greulich!

Othello III,3

Lady Macbeth schlafwandelnd

Lady Macbeth kommt, eine Kerze in der Hand.

KAMMERFRAU

Seht, da kommt sie! So ist ihre Art und Weise! und, bei meinem Leben, fest im Schlaf. Beobachtet sie; steht ruhig!

ARZT

Wie kam sie zu dem Licht?

KAMMERFRAU

Das brennt neben ihrem Bett. Sie hat immer Licht; es ist ihr Befehl.

ARZT

Seht, ihre Augen sind offen.

KAMMERFRAU

Ja, aber ihre Sinne geschlossen.

ARZT

Was macht sie nun? Schaut, wie sie sich die Hände reibt.

KAMMERFRAU

Das ist ihre gewöhnliche Gebärde, dass sie tut, als wüsche sie sich die Hände; ich habe wohl gesehen, dass sie es eine Viertelstunde hintereinander tat.

LADY MACBETH

Da ist noch ein Fleck.

ARZT

Horch, sie spricht! Ich will aufschreiben, was sie sagt, um hernach meine Erinnerung daraus zu ergänzen.

LADY MACBETH

Fort, verdammter Fleck! fort, sag ich! – Eins, zwei! Nun, dann ist es Zeit, es zu tun. – Die Hölle ist finster! – Pfui, mein Gemahl, pfui! ein Soldat und furchtsam! Was haben wir zu fürchten, wer es weiß, da niemand unsre Gewalt zur Rechenschaft ziehen darf? – Aber wer hätte gedacht, dass der alte Mann noch so viel Blut in sich hätte?

ARZT

Hört Ihr wohl!

LADY MACBETH

Der Than von Fife hatte ein Weib: Wo ist sie nun? – Wie, wollen diese Hände denn nie rein werden? – Nichts mehr davon, mein Gemahl, nichts mehr davon; du verdirbst alles mit diesem Auffahren.

ARZT

Ei, ei! Ihr habt erfahren, was Ihr nicht solltet!

KAMMERFRAU

Gesprochen hat sie, was sie nicht sollte, das ist gewiss. Gott weiß, was sie erfahren hat.

LADY MACBETH

Noch immer riecht es hier nach Blut; alle Wohlgerüche Arabiens würden diese kleine Hand nicht wohlriechend machen. Oh! oh! oh!

ARZT

Was das für ein Seufzer war! Ihr Herz ist schmerzlich beladen.

KAMMERFRAU

Ich möchte nicht ein solches Herz im Busen tragen, nicht für den Königsschmuck des ganzen Leibes.

ARZT

Gut, gut! –

KAMMERFRAU

Gebe Gott, dass es gut sei!

ARZT

Diese Krankheit liegt außer dem Gebiete meiner Kunst; aber ich habe Menschen gekannt, die im Schlaf umherwandelten und doch fromm in ihrem Bett starben.

LADY MACBETH

Wasch deine Hände, leg dein Nachtkleid an; sieh doch nicht so blass aus – Ich sage es dir noch einmal, Banquo ist begraben, er kann aus seiner Gruft nicht herauskommen.

ARZT

Wirklich?

LADY MACBETH

Zu Bett, zu Bett! Es wird ans Tor geklopft. Komm, komm, komm, komm, gib mir die Hand! – Was geschehn ist, kann man nicht ungeschehn machen. – Zu Bett, zu Bett, zu Bett!

Sie geht ab.

ARZT

Geht sie nun zu Bett?

KAMMERFRAU

Unverzüglich.

ARZT

Von Greueln flüstert man; – und Taten unnatürlich
Erzeugen unnatürliche Zerrüttung:
Die kranke Seele will ins taube Kissen
Entladen ihr Geheimnis. Sie bedarf
Des Beicht'gers mehr noch als des Arztes. – Gott,
Vergib uns allen! Seht nach ihr; entfernt,
Womit sie sich verletzen könnt', und habt
Ein Auge stets auf sie. – So, gute Nacht!

Der Anblick hat mir Schreck und Grau'n gemacht.
Ich denk' und darf nichts sagen.

KAMMERFRAU

Nun, schlaft wohl!

Macbeth V,1

»Lady Macbeth, schlafwandelnd«
Federzeichnung von Johann Heinrich Füssli (um 1772)

Zettels Traum

ZETTEL

Wenn mein Stichwort kommt, ruft mich, und ich will antworten. – He! Holla! – Peter Squenz! Flaut, der Bälgenflicker! Schnauz, der Kesselflicker! Schlucker! – Sapperment! Alle davongelaufen und lassen mich hier schlafen! – Ich habe ein äußerst rares Gesicht gehabt. Ich hatte 'nen Traum – 's geht über Menschenwitz, zu sagen, was es für ein Traum war. Der Mensch ist nur ein Esel, wenn er sich einfallen lässt, diesen Traum auszulegen. Mir war, als wär' ich – kein Menschenkind kann sagen, was. Mir war, als wär' ich, und mir war, als hätt' ich – aber der Mensch ist nur ein lumpiger Hanswurst, wenn er sich unterfängt, zu sagen, was mir war, als hätt' ich's; des Menschen Auge hat's nicht gehört, des Menschen Ohr hat's nicht gesehen, des Menschen Hand kann's nicht schmecken, seine Zunge kann's nicht begreifen und sein Herz nicht wieder sagen, was mein Traum war. – Ich will den Peter Squenz dazu kriegen, mir von diesem Traum eine Ballade zu schreiben; sie soll Zettels Traum heißen, weil sie so seltsam angezettelt ist, und ich will sie gegen das Ende des Stücks vor dem Herzoge singen. Vielleicht, um sie noch anmutiger zu machen, werde ich sie bei ihrem [Thisbes] Tode singen.

Ein Sommernachtstraum IV,1

VII
Folgen des Trinkens

Drei Dinge

MACDUFF

Kamest du so spät zu Bett, Freund, dass du nun so spät aufstehst?

PFÖRTNER

Mein Seel, Herr, wir zechten, bis der zweite Hahn krähte; und der Trunk ist ein großer Beförderer von drei Dingen.

MACDUFF

Was sind denn das für drei Dinge, die der Trunk vorzüglich befördert?

PFÖRTNER

Ei, Herr, rote Nasen, Schlaf und Urin. Buhlerei befördert und dämpft er zugleich: er befördert das Verlangen und dämpft das Tun. Darum kann man sagen, dass vieles Trinken ein Zweideutler gegen die Buhlerei ist: es schafft sie und vernichtet sie; treibt sie an und hält sie zurück; macht ihr Mut und schreckt sie ab; heißt sie, sich brav halten und nicht brav halten; zweideutelt sie zuletzt in Schlaf, straft sie Lügen und geht davon.

MACDUFF

Ich glaube, der Trunk strafte dich die Nacht Lügen.

PFÖRTNER

Ja, Herr, das tat er, in meinen Hals hinein; aber ich vergalt ihm seine Lügen, und ich denke, ich war ihm doch zu stark: denn obgleich er mir die Beine ein paarmal unten wegzog, so fand ich doch einen Kniff, ihn hinauszuschmeißen.

Macbeth II,3

Guter spanischer Sekt

FALSTAFF

Ich wollte, Ihr hättet nur den Witz dazu, das wäre besser als Euer Herzogtum. – Meiner Treu, dieser junge Knabe von nüchternem Geblüt liebt mich nicht, auch kann ihn kein Mensch zum Lachen bringen; aber das ist kein Wunder, er trinkt keinen Wein. Es wird niemals aus diesen bedächtigen Burschen etwas Rechtes, denn das dünne Getränk und die vielen Fischmahlzeiten kühlen ihr Blut so übermäßig, dass sie in eine Art von männlicher Bleichsucht verfallen, und wenn sie dann heiraten, zeugen sie nichts als Dirnen; sie sind gemeiniglich Narren und feige Memmen – was einige von uns auch sein würden, wenn's nicht die Erhitzung täte. Ein guter spanischer

»Falstaff und Dortchen Lakenreißer«
Stich von W. S. Leney (1795)
nach einem Gemälde von Johann Heinrich Füssli

Sekt hat eine zwiefache Wirkung an sich. Er steigt euch in das Gehirn, zerteilt da alle die albernen und rohen Dünste, die es umgeben, macht es sinnig, schnell und erfinderisch, voll von behenden, feurigen und ergötzlichen Bildern. Wenn diese dann der Stimme, der Zunge, überliefert werden, was ihre Geburt ist, so wird vortrefflicher Witz daraus. Die zweite Eigenschaft unsers vortrefflichen Sekts ist die Erwärmung des Bluts, welches, zuvor kalt und ohne Bewegung, die Leber weiß und bleich lässt, was das Kennzeichen der Kleinmütigkeit und Feigheit ist; aber der Sekt erwärmt es und bringt es von den innern bis zu den äußersten Teilen in Umlauf. Er erleuchtet das Antlitz, welches wie ein Wachfeuer das ganze kleine Königreich, Mensch genannt, zu den Waffen ruft, und dann stellen sich alle die Insassen des Leibes und die kleinen Lebensgeister aus den Provinzen ihrem Hauptmann, dem Herzen, welches, durch dies Gefolge groß und aufgeschwellt, jegliche Tat des Mutes verrichtet. Und diese Tapferkeit kommt vom Sekt, so dass Geschicklichkeit in den Waffen nichts ist ohne Sekt: denn der setzt sie in Tätigkeit; und Gelahrtheit ist ein großer Haufe Goldes, von einem Teufel verwahrt, bis Sekt sie promoviert und in Gang und Gebrauch setzt. Daher kommt es, dass Prinz Heinrich tapfer ist, denn das kalte Blut, das er natürlicherweise von seinem Vater erben musste, hat er wie magres, unfruchtbares und dürres Land gedüngt, gepflügt und beackert, mit ungemeiner Bemühung wackren Trinkens und gutem Vorrat von fruchtbarem Sekt, so dass er sehr hitzig und tapfer geworden ist. Wenn ich tausend Söhne hätte, der erste menschliche Grundsatz, den ich ihnen lehren wollte, sollte sein, dünnes Getränk abzuschwören und sich dem Sekt zu ergeben.

König Heinrich IV. Teil II,IV,3

Kalk im Sekt

FALSTAFF

Hol die Pest alle feigen Memmen, und das Wetter obendrein! Ja und Amen! – Gib mir ein Glas Sekt, Junge! – Lieber als dies Leben lange führen, will ich Strümpfe stricken und sie stopfen und sie neu versohlen. Hol die Pest alle feigen Memmen! – Gib mir ein Glas Sekt, Schurke! – Ist keine Tugend mehr auf Erden?

Er trinkt.

PRINZ HEINRICH

Sahst du niemals den Titan einen Teller voll Butter küssen? Den weichherzigen Titan, der bei einer süßen Erzählung seines Sohnes schmolz? Wenn du es tatest, so betrachte diese Masse!

FALSTAFF

Du Schurke, in dem Glase Sekt ist auch Kalk; nichts als Schurkerei ist unter dem sündhaften Menschenvolk zu finden. Aber eine Memme ist doch noch ärger als ein Glas Sekt mit Kalk drin; so 'ne schändliche Memme! – Geh deiner Wege, alter Hans! Stirb, wann du willst! Wenn Mannhaftigkeit, edle Mannhaftigkeit nicht vom Angesicht der Erde verschwunden ist, so bin ich ein ausgenommener Hering. Nicht drei wackre Leute leben ungehangen in England, und der eine von ihnen ist fett und wird alt. Gott helf uns! Eine schlechte Welt, sag' ich! Ich wollte, ich wär' ein Weber, ich könnte Psalmen singen, oder was es sonst wäre. Hol die Pest alle feigen Memmen! sag' ich nochmals.

PRINZ HEINRICH

Nun, du Wollsack, was murmelst du?

FALSTAFF

Ein Königssohn! Wenn ich dich nicht mit einer hölzernen Pritsche aus deinem Königreich hinausschlage und alle deine Untertanen wie eine Herde wilder Gänse vor dir hertreibe, so will ich mein Lebenlang kein Haar mehr im Gesichte tragen. Ihr ein Prinz von Wales!

PRINZ HEINRICH

Nun, du gemästeter Schlingel, was soll's?

FALSTAFF

Seid Ihr nicht eine Memme? Darauf antwortet mir; und der Poins da?

POINS

Sapperment, du fetter Wanst, wenn du mich eine Memme nennst, so erstech' ich dich.

FALSTAFF

Ich dich eine Memme nennen? Ich will dich verdammt sehen, ehe ich das tue; aber ich wollte tausend Pfund drum geben, dass ich so gut laufen könnte wie du. Ihr seid ziemlich grade gewachsen, ihr fragt nicht danach, ob jemand euren Rücken sieht; nennt ihr das ein Rückenhalt seiner Freunde sein? Hol die Pest solches Rückenhalten! Schafft mir Leute, die mir ins Gesicht sehn! – Ein Glas Sekt! Ich bin ein Schelm, wenn ich heute was getrunken habe.

PRINZ HEINRICH

O Spitzbube: du hast dir kaum die Lippen vom Trinken abgewischt.

FALSTAFF

Es kommt alles auf eins heraus. Hol die Pest alle Memmen! sage ich nochmals.

Er trinkt.

König Heinrich IV. Teil 1,II,4

JUNKER TOBIAS

O Junker, du hast ein Fläschchen Sekt nötig! Hab' ich dich jemals so herunter gesehn?

JUNKER CHRISTOPH

In Euerm Leben nicht, glaub' ich, außer wenn mich der Sekt heruntergebracht hat. Mir ist, als hätt' ich manchmal nicht mehr Witz, als ein Christensohn oder ein gewöhnlicher Mensch hat. Aber ich bin ein großer Rindfleischesser und ich glaube, das tut meinem Witz Schaden.

JUNKER TOBIAS

Keine Frage.

Was ihr wollt 1,3

OLIVIA

Womit ist ein Betrunkener zu vergleichen?

NARR

Mit einem Ertrunkenen, einem Narren und einem Tollen. Der erste Trunk über den Durst macht ihn zum Narren, der zweite toll, und der dritte ersäuft ihn.

OLIVIA

Geh, hol den Totenbeschauer und lass ihn meinen Vetter in Augenschein nehmen, denn er ist im dritten

Grade der Trunkenheit; er ist ertrunken. Geh, gib acht auf ihn.

NARR

Bis jetzt ist er nur noch toll, Madonna; und der Narr wird auf den Tollen achtgeben.

Was ihr wollt 1,5

JUNKER CHRISTOPH

Wenn eine blutige Krone was Leides ist, so habt Ihr mir was zuleide getan. Ich denke, es kommt nichts einer blutigen Krone bei.

Junker Tobias kommt, betrunken und von dem Narren geführt.

Da kommt Junker Tobias angehinkt, Ihr sollt noch mehr zu hören kriegen. Wenn er nicht was im Kopfe gehabt hätte, so sollte er Euch wohl auf 'ne andre Manier haben tanzen lassen.

HERZOG

Nun, Junker, wie steht's mit Euch?

JUNKER TOBIAS

Es ist all eins: er hat mich verwundet und damit gut. – Schöps, hast du Görgen, den Feldscherer, gesehn, Schöps?

NARR

Oh, der ist betrunken, Junker Tobias, schon über eine Stunde; seine Augen waren früh um acht schon untergegangen.

JUNKER TOBIAS

So ist er ein Schlingel und eine Schlafmütze. Nichts abscheulicher als so 'n betrunkner Schlingel.

Was ihr wollt V,1

Trinklied

JAGO

Kommt, Leutnant, ich habe ein Stübchen Wein, und hier draußen sind ein paar muntre Jungen aus Zypern, die gern eine Flasche auf die Gesundheit des schwarzen Othello ausstechen möchten.

CASSIO

Nicht heut Abend, lieber Jago; ich habe einen sehr schwachen, unglücklichen Kopf zum Trinken. Mir wär's lieb, wenn die Höflichkeit eine andre Sitte der Unterhaltung erfände.

JAGO

O es sind gute Freunde; nur einen Becher; ich will für dich trinken.

CASSIO

Ich habe heut Abend nur *einen* Becher getrunken, der noch dazu stark mit Wasser gemischt war, und sieh nur, wie es mich verändert hat. Ich habe leider diese Schwachheit und darf meinen Kräften nicht mehr zumuten.

JAGO

Ei, Lieber, es ist ja Fastnacht heut. Die jungen Leute wünschen es.

CASSIO

Wo sind sie?

JAGO

Hier vor der Tür; ich bitte dich, rufe sie herein.

CASSIO

Ich will's tun, aber es geschieht ungern.

[...]

JAGO

Wein her!

Singt.

Stoßt an mit dem Gläselein, klingt! klingt! –
Stoßt an mit dem Gläselein, klingt!
Der Soldat ist ein Mann,
Das Leben ein' Spann,
Drum lustig, Soldaten, und trinkt.
Wein her, Burschen! –

CASSIO

Auf Ehre, ein allerliebstes Lied.

JAGO

Ich hab's in England gelernt, wo sie, das muss man sagen, sich gewaltig auf das Bechern verstehn. Euer Däne, Euer Deutscher, Euer dickbäuchiger Holländer – zu trinken, he! – sind alle nichts gegen den Engländer.

CASSIO

Ist denn der Engländer so sehr ausbündig im Trinken?

JAGO

Ei wohl! den Dänen trinkt er Euch mit Gemächlichkeit untern Tisch; es wird ihn wenig angreifen, den Deutschen kaputt zu machen; und den Holländer zwingt er zur Übergabe, eh' der nächste Humpen gefüllt werden kann.

CASSIO

Auf unsers Gouverneurs Gesundheit!

MONTANO

Die trink ich mit, Leutnant, und ich will Euch Bescheid tun.

JAGO

O das liebe England! –

Singt.

König Stephan war ein wackrer Held,
Eine Krone kostet ihm sein Rock:
Das fand er um sechs Grot geprellt
Und schalt den Schneider einen Bock.
Und war ein Fürst von großer Macht,
Und du bist solch geringer Mann:
Stolz hat manch Haus zu Fall gebracht,
Drum zieh den alten Kittel an.

Wein her, sag ich! –

CASSIO

Ei, das Lied ist noch viel herrlicher als das erste.

JAGO

Wollt ihr's nochmals hören?

CASSIO

Nein, denn ich glaube, der ist seiner Stelle unwürdig, der so was tut. – Wie gesagt – der Himmel ist über uns allen; – und es sind Seelen, die müssen selig werden – und andre, die müssen nicht selig werden.

JAGO

Sehr wahr, lieber Leutnant.

CASSIO

Ich meinesteils – ohne dem General oder sonst einer hohen Person vorzugreifen – ich hoffe, selig zu werden.

JAGO

Und ich auch, Leutnant.

CASSIO

Aber, mit Eurer Erlaubnis, nicht vor mir – der Leutnant muss vor dem Fähnrich selig werden. Nun genug hievon; wir wollen auf unsre Posten. – Vergib uns unsre Sünden! – Meine Herrn, wir wollen nach unserm Dienst sehn. – Ihr müsst nicht glauben, meine Herrn, dass ich betrunken sei – dies ist mein Fähnrich, – dies ist meine rechte Hand – dies meine linke

Hand – ich bin also nicht betrunken; ich stehe noch ziemlich gut und spreche noch ziemlich gut.

ALLE

Außerordentlich gut.

CASSIO

Nun, recht gut also; ihr müsst also nicht meinen, dass ich betrunken sei.

Othello II,3

Ein besoffenes Ungeheuer

STEPHANO

Ich geh' nicht mehr zur See, zur See,
Hier sterb' ich auf dem Land. –

Das ist eine lausige Melodie, gut bei einer Beerdigung zu singen: aber hier ist mein Trost.

Trinkt.

Der Meister, der Bootsmann, der Konstabel und ich,
Wir halten's mit artigen Mädchen,
Mit Lieschen und Gretchen und Hedewig;
Doch keiner fragt was nach Käthchen.
Denn sie macht ein beständig Gekeifel;
Kommt ein Seemann, da heißt's: geh zum Teufel!
Den Pech- und den Teergeruch hasst sie aufs Blut;
Doch ein Schneider, der juckt sie, wo's nötig ihr tut,
Auf die See, Kerls, und hol sie der Teufel!

Das ist auch eine lausige Melodie: aber hier ist mein Trost.

Trinkt.

CALIBAN

Plage mich nicht! O!

STEPHANO

Was heißt das? Gibt's hier Teufel! Habt ihr uns zum Besten mit Wilden und indianischen Männern? Ha!

»Ariel treibt Trinculo, Stephano und Caliban vor sich her«
Federzeichnung von Johann Heinrich Füssli (1774)

Dazu bin ich nicht nahe am Ersaufen gewesen, um mich jetzt vor deinen vier Beinen zu fürchten: denn es heißt von ihm: so 'n wackrer Kerl, als jemals auf vier Beinen gegangen ist, kann ihn nicht zum Weichen bringen; und es soll auch ferner so heißen, solange Stephano einen lebendigen Odem in seiner Nase hat.

CALIBAN

Der Geist plagt mich – O! –

STEPHANO

Dies ist ein Ungeheuer aus der Insel mit vier Beinen, der meines Bedünkens das Fieber gekriegt hat. Wo, Henker, mag er unsre Sprache gelernt haben? Ich will ihm was zur Stärkung geben, wär's nur deswegen: kann ich ihn wieder zurechtbringen und ihn zahm machen und nach Neapel mit ihm kommen, so ist er ein Präsent für den besten Kaiser, der je auf Rindsleder getreten ist.

CALIBAN

Plag mich nicht, bitte! Ich will mein Holz geschwinder zu Haus bringen.

STEPHANO

Er hat jetzt seinen Anfall und redet nicht zum gescheitesten. Er soll aus meiner Flasche kosten; wenn er noch niemals Wein getrunken hat, so kann es ihm leicht das Fieber vertreiben. Kann ich ihn wieder zurechtbringen und ihn zahm machen, so will ich nicht zu viel für ihn nehmen: wer ihn kriegt, soll für ihn bezahlen, und das tüchtig.

CALIBAN

Noch tust du mir nicht viel zuleid; du wirst es bald, ich merk's an deinem Zittern. Jetzt treibt dich Prospero.

[...]

STEPHANO

Komm! küss!

TRINCULO

Wenn das arme Ungeheuer nicht besoffen wäre. – Ein abscheuliches Ungeheuer!

CALIBAN

Will dir die Quellen zeigen, Beeren pflücken,
Will fischen und dir Holz genugsam schaffen.
Pest dem Tyrannen, dem ich dienen muss!
Ich trag' ihm keine Klötze mehr; ich folge
Dir nach, du Wundermann.

TRINCULO

Ein lächerliches Ungeheuer, aus einem armen Trunkenbolde ein Wunder zu machen.

CALIBAN

Lass mich dir weisen, wo die Holzbirn' wächst;
Mit meinen langen Nägeln grab' ich Trüffeln,
Zeig' dir des Hähers Nest; ich lehre dich
Die hurt'ge Meerkatz fangen; bringe dich

Zum vollen Haselbusch und hol' dir manchmal
Vom Felsen junge Möwen. Willst du mitgehn?

STEPHANO

Ich bitte dich, geh voran, ohne weiter zu schwatzen. – Trinculo, da der König und unsre ganze Mannschaft ertrunken ist, so wollen wir hier Besitz nehmen. – Hier trag meine Flasche! – Kamerad Trinculo, wir wollen sie gleich wieder füllen.

CALIBAN

singt im betrunknen Mute.

Leb wohl, mein Meister! leb wohl! leb wohl!

TRINCULO

Ein heulendes Ungeheuer! ein besoffenes Ungeheuer!

CALIBAN

Will nicht mehr Fischfänger sein
Noch Feu'rung holen,
Wie's befohlen;
Noch die Teller scheuern rein,
Ban, ban, Ca – Caliban,
Hat zum Herrn einen andern Mann:
Schaff einen neuen Diener dir an.

Freiheit, heisa! heisa, Freiheit! Freiheit, heisa! Freiheit!

STEPHANO

O tapfres Ungeheuer, zeig uns den Weg!

Der Sturm II,2

VIII
Musik

Sonett 128

Wie oft, wann du, Musik mir, musizierest,
Wann unter lieben Fingern hochbeglückt
Das Holz sich regt und tönt, und du regierest
Der Saiten Wohllaut, der mein Ohr berückt;
Wie oft beneid' ich dann die flinken Tasten!
Wie springen sie und küssen dir die Hand,
Ach, meine Lippen stehn dabei und fasten,
Ob solcher Keckheit schamrot, festgebannt.
Um solches Streicheln tauschten sie getrost
Rang, Los und Stand mit jener Tänzersippe;
Denn seliger, von Fingern so liebkost,
Ist totes Holz als die lebend'ge Lippe.
  Wenn kleine Klötzchen denn so schwelgen müssen,
  Lass sie die Finger, mich die Lippen küssen.

Übersetzt von Otto Gildemeister

How oft, when thou, my music, music play'st
Upon that blessed wood whose motion sounds
With thy sweet fingers, when thou gently sway'st
The wiry concord that mine ear confounds,
Do I envy those jacks that nimble leap
To kiss the tender inward of thy hand,

Whilst my poor lips, which should that harvest reap,
At the wood's boldness by thee blushing stand!
To be so tickled, they would change their state
And situation with those dancing chips
O'er whom thy fingers walk with gentle gait,
Making dead wood more blest than living lips.
  Since saucy jacks so happy are in this,
  Give them thy fingers, me thy lips to kiss.

Musikanten

CASSIO

Ihr Herrn, spielt auf, ich zahl' euch eure Müh': Ein kurzes Stück als Morgengruß dem Feldherrn.

Musik. Der Narr tritt auf.

NARR

Nun, ihr Herren? Sind eure Pfeifen in Neapel gewesen, dass sie so durch die Nase schnarren?

ERSTER MUSIKANT

Wie, Herr, wie?

NARR

Ich bitte euch, sind das Blasinstrumente?

ERSTER MUSIKANT

Ja natürlich, Herr.

NARR

Oh, daran hängt ein Schwanz [Geschichte].

ERSTER MUSIKANT

Woran hängt eine Geschichte [Schwanz]?

NARR

Gewiss, Herr, an manchem Blasinstrument, das ich kenne. Aber hier ist Geld für euch, ihr Herren, und dem General gefällt eure Musik so ausnehmend, dass er euch um alles in der Welt bitten lässt, keinen Lärm mehr damit zu machen.

ERSTER MUSIKANT

's ist gut, Herr, das wollen wir auch nicht.

NARR

Wenn ihr eine Musik habt, die gar nicht zu hören ist, in Gottes Namen; aber was man sagt, Musik *hören*: danach fragt der General nicht viel.

ERSTER MUSIKANT

Solche haben wir nicht, Herr.

NARR

Dann steckt eure Pfeifen wieder in den Sack, denn ich will fort. Geht! – verschwindet in die Lüfte! husch!

Die Musikanten gehen ab.

Othello III,1

Musikalische Insel

CALIBAN

Sei nicht in Angst! Die Insel ist voll Lärm,
Voll Tön' und süßer Lieder, die ergötzen
Und niemand Schaden tun. Mir klimpern manchmal
Viel tausend helle Instrument' ums Ohr
Und manchmal Stimmen, die mich, wenn ich auch
Nach langem Schlaf erst eben aufgewacht,
Zum Schlafen wieder bringen: dann im Traume
War mir, als täten sich die Wolken auf
Und zeigten Schätze, die auf mich herab
Sich schütten wollten, dass ich beim Erwachen
Aufs Neu' zu träumen heulte.

Der Sturm III,2

Ariels Lied

ARIEL

Kommt auf diesen gelben Strand!
  Fügt Hand in Hand!
Wann ihr euch geküsst, verneigt
  (Die See nun schweigt),
Hier und dort behende springt,
Und den Chor, ihr Geister, singt!
  Horch! horch!

Zerstreute Stimmen.
Wau! wau!
Es bellt der Hund:
Zerstreute Stimmen.
Wau! wau!
Horch! horch!
Der Hahn tut seine Wache kund,
Er kräht; Kikiriki!

FERDINAND

Wo ist wohl die Musik? In der Luft? auf Erden? –
Sie spielt nicht mehr: – sie dienet einem Gott
Der Insel sicherlich. Ich saß am Strand
Und weint' aufs Neu' den König, meinen Vater,
Da schlich sie zu mir über die Gewässer
Und lindert' ihre Wut und meinen Schmerz
Mit süßer Melodie; dann folgt' ich ihr,
Sie zog vielmehr mich nach. Nun ist sie fort,
Da hebt sie wieder an.

ARIEL
singt

Fünf Faden tief liegt Vater dein.
Sein Gebein wird zu Korallen,
Perlen sind die Augen sein.
Nichts an ihm, das soll verfallen,
Das nicht wandelt Meeres-Hut
In ein reich und seltnes Gut.

Nymphen läuten stündlich ihm,
Da horch! ihr Glöcklein – Bim! bim! bim!

Der Sturm I,2

Verschiedene Musiken

PORZIA

Lasst nun Musik ertönen, weil er wählt!
So, wenn er fehltrifft, end' er schwanengleich,
Hinsterbend in Musik; dass die Vergleichung
Noch näher passe, sei mein Aug' der Strom,
Sein wässrig Totenbett. Er kann gewinnen,
Und was ist dann Musik? Dann ist Musik
Wie Paukenklang, wenn sich ein treues Volk
Dem neugekrönten Fürsten neigt; ganz so
Wie jene süßen Tön' in erster Frühe,
Die in des Bräut'gams schlummernd Ohr sich
schleichen
Und ihn zur Hochzeit laden.

Der Kaufmann von Venedig III,2

Spielt weiter! – Genug! nicht mehr!

HERZOG

Wenn die Musik der Liebe Nahrung ist,
Spielt weiter! gebt mir volles Maß! dass so
Die übersatte Lust erkrank' und sterbe. –
Die Weise noch einmal! – sie starb so hin;
O sie beschlich mein Ohr, dem Weste gleich,
Der auf ein Veilchenbette lieblich haucht,
Und Düfte stiehlt und gibt. – Genug! nicht mehr!
Es ist mir nun so süß nicht wie vorher.
O Geist der Lieb', wie bist du reg' und frisch!
Nimmt schon dein Umfang alles in sich auf,
Gleich wie die See, nichts kommt in ihn hinein,
Wie stark, wie überschwenglich es auch sei,
Das nicht herabgesetzt im Preise fiele
In einem Wink! So voll von Phantasien
Ist Liebe, dass nur sie phantastisch ist.

Was ihr wollt 1,1

»*Der Kaufmann von Venedig*, 5. Akt, 1. Szene«
Stich von John Browne (1795)
nach einem Gemälde von William Hodges

Eine Nachtmusik

LORENZO

Komm, süßes Herz, erwarten wir sie drinnen.
Und doch, es macht nichts aus: wozu hineingehn?
Freund Stephano, ich bitt Euch; meldet gleich
Im Haus die Ankunft Eurer gnäd'gen Frau,
Und bring die Musikanten her ins Freie.

Stephano ab.

Wie süß das Mondlicht auf dem Hügel schläft!
Hier sitzen wir und lassen die Musik
Zum Ohre schlüpfen; sanfte Still' und Nacht,
Sie werden Klänge süßer Harmonie.
Komm, Jessica! Sieh, wie die Himmelsflur
Ist eingelegt mit Scheiben lichten Goldes!
Auch nicht der kleinste Kreis, den du da siehst,
Der nicht im Schwunge wie ein Engel singt,
Zum Chor der hellgeaugten Cherubim.
So voller Harmonie sind ew'ge Geister,
Nur wir, weil dies hinfäll'ge Kleid von Staub
Ihn grob umhüllt, wir können sie nicht hören.

Musikanten kommen.

He! kommt und weckt Dianen auf mit Hymnen,
Rührt Eurer Herrin Ohr mit zartem Spiel,

Musik.

Zieht mit Musik sie heim.

JESSICA

Nie macht die liebliche Musik mich lustig.

LORENZO

Der Grund ist, Eure Geister sind gespannt.
Bemerkt nur eine wilde flücht'ge Herde,
Der ungezähmten jungen Füllen Schar;
Sie machen Sprünge, blöken, wiehern laut,
Wie ihres Blutes heiße Art sie treibt:
Doch schallt nur die Trompete, oder trifft
Sonst eine Weise der Musik ihr Ohr,

So seht Ihr, wie sie miteinander stehn,
Ihr wildes Auge schaut mit Sittsamkeit,
Durch süße Macht der Töne. Drum lehrt der
Dichter,
Gelenkt hab' Orpheus Bäume, Felsen, Fluten,
Weil nichts so stöckisch, hart und voll von Wut,
Das nicht Musik auf eine Zeit verwandelt.
Der Mann, der nicht Musik hat in ihm selbst,
Den nicht die Eintracht süßer Töne rührt,
Taugt zu Verrat, zu Unheil und zu Tücken;
Die Regung seines Sinns ist dumpf wie Nacht,
Sein Trachten düster wie der Erebus.
Trau keinem solchen! – Horch auf die Musik!

Der Kaufmann von Venedig V,1

IX

Hamlet-Zitate*

Mit einem heitern, einem nassen Aug'.
With an auspicious and a dropping eye.

1,2

O schmölze doch dies allzu feste Fleisch.
O, that this too too solid (richtig: *sullid*) *flesh would melt.*

1,2

Schwachheit, dein Nam' ist Weib!
Frailty, thy name is woman!

1,2

Er war ein Mann, nehmt alles nur in allem,
Ich werde nimmer seinesgleichen sehn.
'A was a man, take him for all in all,
I shall not look upon his like again.

1,2

Du kommst in so fragwürdiger Gestalt.
Thou com'st in such a questionable shape.

1,4

* Bekannte Zitate finden sich auch in den Textpassagen S. 26 ff., 49 ff., 139 ff.

Etwas ist faul im Staate Dänemarks.
Something is rotten in the state of Denmark.

1,4

O mein prophetisches Gemüt!
O my prophetic soul!

1,5

Ich wittre Morgenluft.
I scent the morning air.

1,5

Dass einer lächeln kann, und immer lächeln,
Und doch ein Schurke sein.
That one may smile, and smile, and be a villain.

1,5

Brav, alter Maulwurf! Wühlst so hurtig fort?
O trefflicher Minierer!
Well said, old mole! canst work i' th' earth so fast?
A worthy pioner!

1,5

Es gibt mehr Ding' im Himmel und auf Erden,
Als Eure Schulweisheit sich träumt, Horatio.
There are more things in heaven and earth, Horatio,
Than are dreamt of in your philosophy.

1,5

Die Zeit ist aus den Fugen.
The time is out of joint.

I,5

Weil Kürze dann des Witzes Seele ist.
Since brevity is the soul of wit.

II,2

Mehr Inhalt, wen'ger Kunst.
More matter, with less art.

II,2

Zweifle an der Sonne Klarheit,
Zweifle an der Sterne Licht,
Zweifl', ob lügen kann die Wahrheit,
Nur an meiner Liebe nicht.
Doubt thou the stars are fire,
Doubt that the sun doth move,
Doubt truth to be a liar,
But never doubt I love.

II,2

Denn wenn die Sonne Maden in einem toten Hunde ausbrütet: eine Gottheit, die Aas küsst – habt Ihr eine Tochter?
For if the sun breed maggots in a dead dog, being a god kissing carrion […] have you a daughter?

II,2

Worte, Worte, Worte.
Words, words, words.

II,2

Ist dies schon Tollheit, hat es doch Methode.
Though this be madness, yet there is method in't.

II,2

Denn an sich ist nichts weder gut noch böse, das Denken macht es erst dazu.
For there is nothing either good or bad, but thinking makes it so.

II,2

Ich habe keine Lust am Manne – und am Weibe auch nicht.
Man delights not me – no, nor woman neither.

II,2

Ich bin nur toll bei Nordnordwest; wenn der Wind südlich ist, kann ich einen Kirchturm von einem Leuchtenpfahl unterscheiden.
I am but mad north-north-west; when the wind is southerly I know a hawk from a handsaw.

II,2

Kaviar für das Volk.
Caviary to the general.

II,2

Behandelt jeden Menschen nach seinem Verdienst, und wer ist vor Schlägen sicher?
Use every man after his desert, and who should 'scape whipping?

II,2

Was ist ihm Hekuba, was ist er ihr,
Dass er um sie soll weinen?
What's Hecuba to him, or he to Hecuba,
That he should weep for her?

II,2

Sein oder Nichtsein, das ist hier die Frage.
To be, or not to be, that is the question.

III,1

So macht Gewissen Feige aus uns allen;
Der angebornen Farbe der Entschließung
Wird des Gedankens Blässe angekränkelt.
Thus conscience does make cowards of us all,
And thus the native hue of resolution
Is sicklied o'er with the pale cast of thought.

III,1

Geh in ein Kloster.
Get thee to a nunnery.

III,1

O welch ein edler Geist ist hier zerstört!
O, what a noble mind is here o'erthrown!

III,1

Wahnsinn bei Großen darf nicht ohne Wache gehn.
Madness in great ones must not unwatched go.

III,1

Denkt Ihr, dass ich leichter zu spielen bin als eine Flöte? Nennt mich, was für ein Instrument Ihr wollt, Ihr könnt mich zwar verstimmen, aber nicht auf mir spielen.
Do you think I am easier to be played on than a pipe? Call me what instrument you will, though you can fret me, yet you cannot play upon me.

III,2

Nur reden will ich Dolche, keine brauchen.
I will speak daggers to her, but use none.

III,2

O meine Tat ist faul, sie stinkt zum Himmel.
O, my offence is rank, it smells to heaven.

III,3

Wie? was? eine Ratte?
Tot! für 'nen Dukaten, tot!
How now, a rat!
Dead, for a ducat, dead.

III,4

Ich nahm dich für 'nen Höhern: nimm dein Los,
Du siehst, zu viel Geschäftigkeit ist misslich.
I took thee for thy better, take thy fortune,
Thou find'st to be too busy is some danger.

III,4

Habt Ihr Augen?
Die Weide dieses schönen Bergs verlasst Ihr,
Und mästet Euch im Sumpf?
Have you eyes?
Could you on this fair mountain leave to feed,
And batten on this moor?

III,4

Scham, wo ist dein Erröten?
O shame, where is thy blush?

III,4

Zu leben
Im Schweiß und Brodem eines eklen Betts,
Gebrüht in Fäulnis; buhlend und sich paarend
Über dem garst'gen Nest.
But to live
In the rank sweat of an enseamed bed,
Stewed in corruption, honeying and making love
Over the nasty sty.

III,4

Ach, armer Yorick!
Alas, poor Yorick!

V,1

In Bereitschaft sein ist alles.
The readiness is all.

V,2

Der Rest ist Schweigen.
The rest is silence.

V,2

Das Wappen für »Shakespeare the Player«
Aus den Unterlagen des Wappenamtes

X
Epilog

NARR

singt

Und als ich ein winzig Bübchen war,
  Hopp heisa, bei Regen und Wind!
Da machten zwei nur eben ein Paar;
  Denn der Regen, der regnet jeglichen Tag.

Und als ich vertreten die Kinderschuh',
  Hopp heisa, bei Regen und Wind!
Da schloss man vor Dieben die Häuser zu;
  Denn der Regen, der regnet jeglichen Tag.

Und als ich, ach! ein Weib tät frei'n,
  Hopp heisa, bei Regen und Wind!
Da wollte mir Müßiggehn nicht gedeih'n;
  Denn der Regen, der regnet jeglichen Tag.

Und als der Wein mir steckt' im Kopf,
  Hopp heisa, bei Regen und Wind!
Da war ich ein armer betrunkner Tropf;
  Denn der Regen, der regnet jeglichen Tag.

Die Welt steht schon eine hübsche Weil',
  Hopp heisa, bei Regen und Wind!
Doch das Stück ist nun aus, und ich wünsch' euch viel Heil;
  Und dass es euch künftig so gefallen mag.

Was ihr wollt V,1

Zu den Texten

Die vorliegenden Textauszüge und Zitate sind den Einzelausgaben der Dramen in Reclams Universal-Bibliothek entnommen. Diese folgen der Gesamtausgabe von Shakespeares dramatischen Werken in der Übersetzung von August Wilhelm Schlegel, Dorothea Tieck und Wolf Heinrich Graf Baudissin in der Fassung letzter Hand von 1843, wobei Orthographie und Interpunktion behutsam modernisiert wurden.

Die Passage aus *Venus und Adonis* (S. 104 ff.) ist der Übertragung des Gedichtes von Ferdinand Freiligrath (Düsseldorf 1849) entnommen, die als zweisprachige Ausgabe in der Universal-Bibliothek vorliegt (Nr. 18255).

Die Sonette 18 und 130 (S. 103 f. und 129 f.) werden abgedruckt in der Übertragung von Stefan George, Sonett 128 (S. 171 f.) in der Übersetzung von Otto Gildemeister, alle entnommen der zweisprachigen Ausgabe der Sonette in der Universal-Bibliothek (Nr. 9729).

Gedankt sei dem Filmarchiv Austria, Wien, für die Überlassung der Filmfotos.

Zeittafel

(Die Jahreszahlen sind meist nur ungefähre Anhaltspunkte)

1564 William Shakespeare wird in Stratford-upon-Avon geboren und am 26. April getauft.

1582 Shakespeare heiratet Anne Hathaway.

1583 Geburt der Tochter Susanna.

1585 Geburt der Zwillinge Hamnet und Judith.

1586 oder später geht Shakespeare nach London als Schauspieler und Teilhaber wichtiger Schauspieltruppen.

1593 *Venus and Adonis* im Stationer's Register, dem Register der Londoner Buchdrucker- und Buchhändlergilde, eingetragen.

1594 *The Rape of Lucrece* ebendort eingetragen.

Bis 1594 sind folgende Stücke geschrieben und aufgeführt:

Henry VI (drei Teile)
The Two Gentlemen of Verona
The Comedy of Errors
The Taming of the Shrew
Richard III (1597)*
Titus Andronicus (1594)
Love's Labour's Lost (1598)

1594–1597 *Romeo and Juliet* (1597 Raubdruck, 1599)
A Midsummer Night's Dream (1600)
Richard II (1597)
King John
The Merchant of Venice (1600)

1597–1600 *Henry IV* (Erster Teil, 1598)
Henry IV (Zweiter Teil, 1600)
Henry V (1600 Raubdruck)
Much Ado About Nothing (1600)

* Die Zahlen in Klammern bezeichnen das Jahr des Erstdrucks. Alle anderen Stücke liegen zum ersten Mal in der Folio von 1623 gedruckt vor.

The Merry Wives of Windsor (1602 Raubdruck)
As You Like It
Julius Caesar
Troilus and Cressida (1609)

1598 Francis Meres' *Palladis Tamia* erscheint. Das Werk enthält eine freundliche Beurteilung des bis dahin vorliegenden Werkes Shakespeares.

1599 Eröffnung des Globe Theatre. Hier spielte Shakespeares Truppe »The Lord Chamberlain's Men« (ab 1603 »The King's Men«).

1601 *The Phoenix and the Turtle* veröffentlicht.

1602 *Hamlet* (1603 Raubdruck, 1604)
All's Well that Ends Well

1603 Königin Elisabeth I. stirbt. Ihr folgt Jakob I. auf den Thron.

1604 *Othello* (1622)
Measure for Measure

1605 *King Lear* (1608)

1606 *Macbeth*

1607 *Antonius and Cleopatra*

1608 *Coriolanus*
Timon of Athens
Pericles (1609)

1609 *The Sonnets und A Lover's Complaint* veröffentlicht, sicher aber eher verfasst.
Cymbeline

1611 *The Winter's Tale*
The Tempest

1613 *Henry VIII* (vermutlich zusammen mit John Fletcher)
The Two Noble Kinsmen (Shakespeares Anteil strittig)

1616 Shakespeare stirbt am 23. April in Stratford-upon-Avon und wird dort begraben.

1623 Die erste Gesamtausgabe seiner Werke, die sogenannte *First Folio*, erscheint, Herausgeber sind die Schauspieler John Heminges und Henry Condell.